N&K

Rachel Ferguson

Die Brontës gingen zu Woolworths

Roman

Aus dem Englischen
von Sabine Reinhardus

NAGEL UND KIMCHE

Die englische Originalausgabe erschien 1931 unter dem Titel
The Brontës Went to Woolworths bei Ernest Benn Ltd.

1. Auflage 2023

Deutsche Erstausgabe

Gesetzt aus der Centennial
von GGP Media GmbH, Pößneck
Druck und Bindung von Pustet, Regensburg
Printed in Germany
ISBN 978-3-312-01305-0
www.nagel-kimche.ch

Klimaneutral
Druckprodukt
ClimatePartner.com/15109-2009-1001

MIX
Papier
FSC FSC® C014889

Für Rose Geraldine Ferguson
und unsere »Horry«, eine Person,
über die wir nichts und alles wissen.

I

Romane, in denen es um Familien mit mehreren Töchtern geht, kann ich nicht ausstehen. Sie haben meistens Titel wie *Die sieben Schwestern* oder *Drei – und alle noch nicht »eingeführt«*, und man ist ständig damit beschäftigt, die Mädchen auseinander zu halten und murmelt vor sich hin: »War das Isobel, die zu viel trinkt, oder Gertie? Und welche ist mit dem Gigolo durchgebrannt, Amy oder Pauline? Und welcher der getrennten Ehemänner hieß Lionel – der von Isobel oder der von Amy?«

Katrine und ich amüsieren uns über solche Bücher und wählen aus, welche Schwester wir gern wären. Katrine versucht immer, die Trinkerin zu erwischen.

Eine Frau, die auf einer Party von Mutter zu Gast war, fragte mich einmal »Liest du gern?«, woraufhin wir alle verstummten, denn wie hätten wir ihr erklären sollen, dass Bücher lesen so ähnlich ist wie ein Bad nehmen, oder schlafen oder Brot essen – eine absolute Lebensnotwendigkeit, bei der man nicht darüber nachdenkt, ob man sie schätzt oder nicht. Wir warteten nur darauf, dass sie als Nächstes verkünden würde, sie habe leider so wenig Zeit zum Lesen, bevor sie für immer bei uns unten durch war. Doch dann blinzelte Katrine sie an und sagte: »Ja, gelegentlich.« Und ob sie die neueste *Ruck* gelesen hätte und sei das nicht eine famose Geschichte?

Katrine ist ein echter Spaßvogel, wenn sie will, und bringt alle an ihrer Schauspielschule zum Lachen. Der Unterricht besteht offenbar hauptsächlich daraus, Donuts, Gurken und kalte Zunge im Keller zu essen, für das Stimmtraining »Oh-hooo!« zu sagen und es führt zu Tränenfluten, wenn Katrine am Ende des Semesters nicht die Julia, sondern die Krankenschwester spielen soll. Die Ärmste hat es absolut satt, Schlüpfrigkeiten vorzutragen und sagt immer, wenn irgendeine Rolle in Shakespeares Stücken eher pornografisch ausfällt, kriegt sie die automatisch. Wir hoffen, sie ist damit gut gerüstet für spätere Zeiten, wenn sie in Komödien im West End auftreten wird. Mutter und ich bringen Katrine oft auf die Palme, wenn wir ihr zufällig begegnen und deklamieren:

Pest! Wie meine Eingeweide brodeln!

oder

Bei meiner Morgenübelkeit! – Ich hab verloren
Die Unschuld mein, an diesen groben und gemeinen Clown.

Einmal hatte Mutter nicht bedacht, dass wir Gäste hatten, und rief Katrine zu: »Na, mein Schatz, wie oft hast du denn heute Morgen deine Unschuld verlegt?«

Wir fragen uns häufig, wie Katrines Zukunft wohl aussehen wird, und ich vermute, es läuft entweder auf eine Heirat oder auf Tourneen, die am West Pier in Brighton enden, hinaus. Die meisten Schauspielschüler entscheiden sich für eines von beidem.

In der Schule hatte Katrine und mich das Bühnenfieber besonders heftig gepackt. Wir waren so vernarrt in manche Schauspieler und Schauspielerinnen, dass uns der Alltag vollkommen trostlos erschien und Katrine sogar einmal aus der Geschichtsstunde flog, weil sie innig eine Karte von Henry Ainley küsste und murmelte: »Mein Liebster!« Wenn mich nicht alles täuscht, war ihr Martyrium in dieser Nacht, mit Henry unter dem Kopfkissen, besonders glorreich.

In jedem Fall ist sie voller Tatendrang, denn vor ungefähr einem Jahr, als sie sich unsterblich in einen in unserer Nähe wohnenden Schauspieler verliebte, ging sie einfach auf der Straße auf ihn zu und meinte lächelnd: »Jetzt sagen Sie bloß nicht, Sie haben mich vergessen!« Der Schauspieler nahm Hut und Handschuhe ab und rief: »Nein, wirklich, das ist ja reizend.« Katrine erinnerte ihn ausführlich an die Tournee der *Götter des Ostens* und fragte (mit gesenkter Stimme), ob die Woche damals in Bradford nicht das Letzte gewesen sei? »Ein Fiasko, meine Liebe, ein absolutes Fiasko«, gab er zurück und dann fachsimpelten die beiden ausgiebig. Beim Abschied fragte er rasch: »Wie war Ihr Name gleich noch mal?« und als Katrine ihm tatsächlich ihren richtigen Namen nannte, strahlte er. »Aber natürlich! Wie dumm von mir. Auf Wiedersehen, meine Liebe und richten Sie Birdie Grüße aus.«

So etwas bringt Katrine ohne weiteres fertig, obwohl wir alle drei (Sheil wird sich mit Sicherheit auch in diese Richtung entwickeln) immer alles herauskriegen, was sich über Menschen, die wir lieben, in Erfahrung bringen lässt. Wir lesen sämtliche Zeitungsartikel über sie, verfolgen ihre Karrieren, schnappen den Klatsch und Tratsch auf, lernen Anekdoten über sie auswendig und beobachten, wie sie auf Tournee durchs Land reisen. Wie es nicht selten geschieht, wenn man sich ernsthaft für etwas interessiert, kommen wir dadurch auch manchmal in persönlichen Kontakt mit ihren Freunden oder Geschäftspartnern, die Neues zu erzählen haben oder unserem angehäuften Wissensschatz noch ein weiteres Partikel an Information hinzufügen. Katrine hatte *Götter des Ostens* zwar nie gesehen, wusste aber mehr darüber als die Hälfte der Schauspieltruppe und konnte den Spielplan auswendig herunterbeten.

Unser Interesse beschränkt sich natürlich nicht nur auf Schauspieler. Es könnte jeder sein. Wenn gerade jemand »dran« ist, nehmen wir die Sache sehr ernst. Manchmal ärgere ich mich richtig darüber, denn es ist ja irrsinnig anstrengend. Katrine meinte einmal hilflos zu mir: »Warum müssen wir das eigentlich machen?«

Sogar die Sommerferien können dadurch ruiniert werden, denn man verreist und lässt die betreffende Person allein in der Stadt oder in den Fängen einer wahrscheinlich zu ihrem Untergang führenden Obsession zurück. Früher musterten Katrine und ich erst unsere gepackten Koffer und anschließend einander und eine von uns beiden sagte dann: »Klar

Schiff?« Das bedeutete so viel wie: Bleiben wir in diesem Urlaub von fantastischen psychischen Wirren verschont und werden normale, erholsame Ferien verbringen?

Manchmal kommt es zu Konflikten. Zum Beispiel waren wir im Arcaly-Jahr wie besessen von dem Wunsch, uns einer vor Ort spielenden Pierrot-Truppe anzuschließen und hätten es auch beinahe geschafft, uns durch reine Konzentration in sie hinein zu projizieren. Das machte die Rückkehr nach London sehr schwierig. Aber wenigstens konnten wir unseren Kummer miteinander teilen. Wir nahmen außerdem Dion Saffyn, unseren Lieblings-Pierrot, mit nach Hause und richteten ihm, seiner Gattin und den beiden Kindern in der Addison Road ein gemütliches Zuhause ein, wo die Familie viele Höhen und Tiefen durchlebte. Wie sich herausstellte, hatte Saffy – unser Kosename – über seinen Stand hinaus eine gewisse Mary Arbuthnot geheiratet, einzige Tochter eines Gutsbesitzers in Somerset. Wenn sich die beiden in die Haare kriegten, ließ sie den armen Saffy seine gesellschaftliche Position sehr deutlich spüren und kehrte den »Landadel« hervor.

Aber ihre beiden Töchter sind einfach allerliebst. Ennis entwirft für einen berühmten französischen Modeschöpfer und Pauline arbeitet als Sekretärin in Saffys Londoner Büro. Saffy ruft uns oft an, wenn Polly (so nennen wir Mary unter uns) sich mal wieder als eine Arbuthnot aufspielt oder er stattet uns einen Blitzbesuch ab und lässt sich von uns anhimmeln. Dion Saffyn und seine beiden Töchter haben wir häufig in Arcaly gesehen, seine Frau konnten wir jedoch nie ausfindig machen.

Ich wünschte, wir würden die Saffyns kennen.

Katrine hat meiner Ansicht nach die Saffyn-Phase bald hinter sich, aber ich glaube nicht, dass ich das je schaffen werde.

Vor drei Jahren wurde mir ein Heiratsantrag gemacht. Obgleich ich denjenigen wirklich gernhatte, konnte ich seinen Antrag nicht annehmen, denn ich war gerade in Sherlock Holmes verliebt. Der Meisterdetektiv, seine Persönlichkeit und sein Verstand weckten damals so heftige Gefühle in mir, dass kein lebender Mann damit konkurrieren konnte.

Aber ist Liebe denn nicht generell die Anbetung einer Vorstellung, einer Illusion? Und sind Fleisch und Blut nicht ohnehin der unbedeutendste Teil bei dieser Angelegenheit?

Inzwischen habe ich mit Holmes abgeschlossen, aber ich stelle mir oft vor, welch ein wunderbares Paar wir beide in der Baker Street abgegeben hätten. Ich bin ziemlich anspruchslos, mag alte Kleidung und abgewetzte Sessel und bin für Schweigen, Rauchen und nüchterne, vernunftbasierte Gedankenflüge jederzeit zu haben.

Nur Katrine regte sich auf, als ich den Antrag von Stuart B. ablehnte. Sie saß auf dem Badewannenrand, während ich meine Handschuhe im Waschbecken einweichte. »Falls ich je eine Tochter habe, soll ihr Verstand vollkommen leer sein, bei Gott!«, erklärte sie.

2

Es ist schön, in London ein Haus mit einem Schulzimmer zu haben und jemanden im schulpflichtigen Alter, der darin Unterricht erhält. Wenn man die Treppe hochgeht und Sheil über den Rosenkriegen schwitzen sieht, taucht man in eine andere Welt ein und alle Enttäuschungen fallen von einem ab. Ich wünsche mir auch oft, wir hätten ein altes Kindermädchen, denn ich habe eine Schwäche für die Wohnschlafkammern, die sie sich einrichten und die immer durchdringend nach viktorianischem Zeitalter und Burenkrieg riechen. Das war vor meiner Geburt, aber ich habe ein ausgeprägtes Gespür für vergangene Zeiten und kann offen sagen, dass ich sie der heutigen, georgianischen Zeit vorziehe. Außerdem kenne ich eine Familie, deren Kindermädchen die Töchter und Söhne zu Vätern und Müttern hat werden sehen, und ich pflege diesen Kontakt, weil ich gern Tee mit Lucy trinke. Die Wände ihrer Kammer sind mit Militärfotografien bedeckt, den Nähkästchendeckel schmückt ein Bild der ersten Londoner Weltausstellung, auf dem Kaminsims steht eine Glaskugel mit einem Schneemann darin und wenn man sie schüttelt, entsteht ein Schneegestöber und der Schneemann schwenkt seinen Besen. Zum Tee gibt es Marmeladenbrote, die einem sonst niemand mehr anbietet, der Tee ist dunkel und belebend, und anschließend vertiefen wir uns in ihre dicken Alben und die alten deutschen Bilderbücher mit bunten Drucken von Huhn *Henny Penny* und dem Pfannkuchen. Auf dem Heimweg erfüllt mich dann jedes Mal ein geradezu erstickendes Gefühl der guten alten Zeit ...

Dank Sheil kann ich mein Verlangen stillen, noch einmal die schönsten Seiten der Kindheit zu durchleben. Weihnachtsbäume und Strümpfe (obwohl keine von uns je an den Nikolaus gelaubt hat); Spielzeugläden in kleinen Ortschaften auf dem Lande; eingelegte Früchte in Gläsern im Dorfladen; der köstliche Duft von Kindergeburtstagen – Tüll und Gaze, warmes Kerzenwachs und verzierte Kuchen, weiches, glänzend gebürstetes Kinderhaar, bitter schmeckender Gelatineüberzug auf den Keksen, Masken und Feuerwerksartikel in den Schaufenstern der Londoner Seitenstraßen und harmlose Wunderkerzen, die wir anzünden, wenn die Hauslehrerin gerade nicht da ist.

Ich frage mich manchmal, ob Sheil diese Herrlichkeiten ebenso zu schätzen weiß wie ich. Aber ich glaube, es gefällt ihr! Sie hat viel Spaß daran, wenn ich auf ihren Partys die »Erwachsene« spiele und ihr Schillerlocken anbiete; sie weiß, dass ich eigentlich auch gerne eine davon essen möchte und inständig hoffe, dass noch ein Keks für mich übrig bleibt; sie versteht, wie enttäuscht ich bin, wenn ein Name nach dem anderen aufgerufen und zum Baum gebeten wird, bis wir schließlich die Kerzen auspusten – und ich mal wieder leer ausgegangen bin. Zwanzigjährige sind eben zu groß und haben sich nicht mehr für winzige Glitzerfächer und Schachteln mit Süßigkeiten zu interessieren.

Ich verbringe so viel Zeit wie möglich im Schulzimmer. Manchmal blättere ich sogar in den Schulbüchern und fange tatsächlich an, etwas zu lernen, abgesehen von Mathematik und Grammatik, die auf ewig meinen Horizont übersteigen werden. Humpty-Dumpty hatte ja so recht, als er die Wörter während der Woche für sich arbeiten ließ und sie dann am Samstagabend bezahlte. Das war ein großartiger Einfall und die Sklaven der zusammengesetzten Verben könnten sich davon etwas abschauen.

Wenn Sheil auf ihrem Nachmittagsspaziergang unterwegs ist, spiele ich mit ihrem Theater. Unser Theater – es heißt *Das Diadem* – hat schon vor langer Zeit die unsinnigen Märchenstücke für Puppen aus dem Programm gestrichen. Ich schreibe alle Stücke selbst, und wir spielen Pantomimen mit ausgeklügelten Bühneneffekten, Tanzeinlagen und selbstgebastelten Kulissen. Sogar die Witwe Twankey besitzt ein winziges Taschentuch mit unsichtbaren Fingerabdrücken, eine Requisite aus der niederen Klasse der Bühnenschwänke. Wir veranstalten auch Wohltätigkeitsmatinées, schon allein weil es so bedeutend klingt. Manchmal erfinden wir die Wohltätigkeitsorganisationen gleich mit dazu, und gründen jedes Mal, wenn ich ein Stück geschrieben habe, eine neue. Das Büro des Verbandes zum Schutz Getigerter Katzen liegt in der Great Cream Street, und die Unterstützung für Unverschämte Witwen (Sheils Idee) ist im

Erdgeschoss der Räumlichkeiten in Crape Yard untergebracht. Daneben haben wir noch die Gesellschaft der Depressiven Putzfrauen sowie Das Heim des Nautischen Seemannes ins Leben gerufen. Auf einer Matinée konnten wir kürzlich bekannt geben, dass es uns, aufgrund der Einnahmen aus dieser Veranstaltung, möglich war, den neuen Flügel mit Schlafsälen in Chatham fertigzustellen, »und«, ließ sich Sheil vernehmen, »die Jungs schlafen in ordentlichen Reihen, fernab der elenden Gosse, und begehen keine Sünden mehr.« Wir haben auch eine eigene Balletttruppe, die Kensington Palace Girls.

Ich stöbere oft in der Spielzeugkiste, in der, neben Sheils Spielsachen, auch Katrines und meine eigenen liegen. Unsere Familie mag Puppen nicht besonders, hat nie an Märchen geglaubt und Peter Pan eher gehasst. Auch Sheil, das jüngste Opfer dieser skurrilen Welt, kann sich keinen Reim auf sie machen und die einzige Puppe, die wir alle gern hatten, war die schlichteste der Sammlung. Wir haben sie die Eisenminna getauft. Ich habe sie als Siebenjährige geschenkt bekommen, Gesicht und Unterarme sind aus bemaltem Blech und ihr Kinderkörper wirkt sehr natürlich. Leider ist die Eisenminna mit der Zeit über uns hinausgewachsen. Sie benahm sich allmählich immer anmaßender, heiratete einen französischen Grafen namens Isidor (de la so und so, de la irgendwas anderes) und lebt inzwischen in Saus und Braus in Frankreich, von wo aus sie uns gelegentliche Kurzbesuche in ihrem luxuriösen Privatflugzeug abstattet, uns in einem verbitternd perfekten Französisch bevormundet und extravagante Geschenke überreicht, die wir wohl oder übel annehmen müssen. Mich pflegt sie mit »Ah, Trotty, ça marche, hein?«, anzusprechen. Sie hat zwei Lieder komponiert und spart darin nicht mit Eigenlob.

Das erste schildert die himmlischen Freuden anlässlich ihres Todes und beginnt:

Am Goldnen Tor ein Engel steht
Und spricht: Die Gräfin kommt gar spät.
Wir wollen sie hier droben.

Das zweite (die Eisenminna hat den Versen zu außerordentlicher Popularität in den Pariser Vaudevilles des frühen neunzehnten Jahrhunderts verholfen) geht folgendermaßen:

(Allegro vivace)
Je connais une belle mondaine
(Ah! comme elle est chic!)
De costumes elle a une trentaine
(Ah! comme elle est chic!)

(ritardando)
Quand elle se promène dans les Bois
Ce n'est qu'un cri, ›Parbleu! Ma foi!
Regardez-moi donc cette femme-là.‹

(Prestissimo con brio)
AH! COMME ELLE EST CHIC!

Dieses Lied gehörte zum Repertoire von Mutters Gutenachtliedern, die sie mir in Varieté-Manier am Fußende meines Bettes vortrug, die Hände in die Hüfte gestemmt und mit kessem, herauforderndem Blick auf den Dirigenten. Wir singen es Sheil heute noch vor. Die Eisenminna haben wir vor dreizehn Jahren verloren oder verschenkt, aber es half alles nichts. Wie die Armen haben wir sie immer bei uns. Wir versuchten zwar halbherzig, auch den anderen Puppen menschliche Züge zu verleihen, doch sie blieben alle charakterlos. Insofern ähneln sie den Bediensteten und Hauslehrerinnen, die kommen und gehen und einfach nicht unsterblich werden wollen. Gelegentlich wischen mir die Letzteren jedoch eins aus. Miss Martin ist zwar erst seit einem Monat bei uns, aber ich glaube, dass mir da noch einiges bevorsteht. Dummerweise kommt sie ausgerechnet aus Cheltenham, und ich habe einmal einen Tag dort verbracht und sofort diese typischen Cheltenham-Schwingungen verspürt. Ich erinnere mich fotografisch genau an die Stadt. Inzwischen hat die Martin ihre gesamte schreckliche Sippschaft gerahmt und auf dem Kaminsims aufgereiht, und mein Mitgefühl ist, ganz gegen meinen Willen, auf ihrer Seite und umwogt sie gleich elegischen Bändern aus Seegras. Es ist ungeheuer lästig. Obwohl wir im Allgemeinen nie lange miteinander reden, weiß ich genau, wie es ist, über Cheltenhams Hauptstraße zu schlendern oder wie damals die Teekanne im Morgenlicht schimmerte, als Captain Martin seinen Töchtern eröffnete, dass sie nicht mehr länger zu Hause bleiben könnten und in Zukunft für sich selbst sorgen müssten ... und ich glaube, an diesem Tag gingen die Mädchen still durchs Haus und vermieden lange Gespräche. Wahrscheinlich trafen sie sich später in der Stadt. In Örtchen wie Cheltenham lässt sich das kaum vermeiden. Das ist geradezu Teil des Fluches – und auch der Faszination. Dieser unbedachte, mitleiderregende, verwerfliche und verfluchte Captain Martin! Wie sehr er und seine schwerfällige Brut mich anrühren. Darf man denn niemals friedlich mit sich und seinen Gedanken allein sein?

3

Im vergangenen Sommer reisten wir alle nach Skye, wo Vater geboren ist, und in unserer Eingangshalle tauschte ich einen raschen Blick mit Katrine und murmelte »Klar Schiff?« und sie nickte.

Die Ferien waren ein voller Erfolg. Der Ort setzte mir natürlich ein bisschen zu, allerdings nicht wegen der ihm eigentümlichen Schaurigkeit, dasselbe hätte auch ein Vorort im Grünen bewirkt, sondern weil ich in diesem Jahr eine Art Wächter dabei hatte, etwas, das mich vor der Außenwelt abschirmte.

Ich habe immer Menschen beneidet, die sich sofort an einem Ort heimisch fühlen und ihn zu ihrem persönlichen Besitz machen. Bei mir ist es meist umgekehrt und Orte machen mich zu ihrem persönlichen Besitz, bis ich mich gegen sie durchgesetzt und sie in die Knie gezwungen habe. Ich denke da etwa an jenen Sommer, als ein unheimliches Dörfchen in Gloucestershire mich regelrecht aus dem Zug holte, bevor ich einen Fuß auf den Bahnsteig gesetzt hatte. Und das war keineswegs ein freundlich gemeintes Willkommen.

Skye war für Katrine ein Erfolg, weil sie gerade ein Semester an der Schauspielschule abgeschlossen hatte und für mich, weil ich an meinem ersten Roman schrieb und alles andere mich kaltließ. In der

Zwischenzeit habe ich festgestellt, dass Bücher schreiben zu ausgeprägter Geistesabwesenheit führt und die Fähigkeit zum Austausch mit anderen stark beeinträchtigt. Man wird zu einem hölzernen und einsilbigen Gesprächspartner. Für meine Familie war das ein harter Schlag, aber oh! ich hatte insgeheim einen Riesenspaß.

Endlich hatte ich mich aus den Klauen des Journalismus befreit! Ich werde das Wort »heutzutage« und die Redewendung »moderne junge Frau« bis an mein Lebensende verabscheuen und sie wahrscheinlich selbst dann noch hören und mein Herz wird im Rhythmus dieser Worte schlagen, wenn ich in meinem erdigen Bett zu Erde geworden bin. Ich kann meinen Redakteuren einfach nicht begreiflich machen, dass jede lebende Seele »modern« ist, und dass sie, wenn sie dieses Wort verwenden, insgeheim nichts anderes meinen als »verdorben« oder »heruntergekommen«.

Erst jetzt weiß ich, was für eine außergewöhnliche Angelegenheit das Verfassen eines Buches sein kann. Da sind zum einen die Figuren, die aufmüpfig werden, mit dem Maul nach dir schnappen und mit dir an Orte galoppieren, zu denen du nicht willst und für die du dich nie interessiert hast. Blasiert wie ich war, hatte ich ursprünglich geplant, dass es in meinem Buch um eine Familie gehen sollte, die der unseren ähnelte, aber, mein lieber Schwan!, inzwischen ist daraus bereits eine Geschichte über die Karriere einer Bardame geworden, die in einem Pub an der Edgware Road arbeitet, und ich könnte meine Familie nicht einmal mehr mit Gewalt hineinzwängen.

Und außerdem geschehen seltsame Dinge. Ich hatte den Pub in meiner Geschichte »Die drei Federn« getauft, in der Annahme, dass keiner der zahllosen Pubs an der Edgware Road diesen Namen trüge, meine Beschreibung aber dennoch ein wenig der Wirklichkeit entspräche. Bevor wir nach Skye aufbrachen, spazierte ich investigativ die Edgware Road hinunter und entdeckte meinen Pub, haargenau wie ich ihn beschrieben hatte, sogar mit dem altmodischen Grammophon auf dem Tisch im oberen Sitzbereich. »Diesen Ort habe ich erschaffen«, dachte ich.

Ich frage mich, wie viel man erschafft, indem man über etwas grübelt? Meine Familie bittet mich ständig, »Kostproben« vorzulesen, aber das lehne ich stets ab. Wobei mich eine größere Leserschaft (falls ich je eine haben sollte) überhaupt nicht stören würde. Aber anderen vorzulesen, was man selbst geschrieben hat, ist so, als würde man seinen Liebsten in der Straßenbahn küssen. Katrine ist ganz meiner Meinung. Deswegen ist die Schauspielschule wahrscheinlich genau das Richtige für sie; dort muss sie sich moralisch entkleiden.

Die Abende auf Skye sind wunderschön und so unendlich wie die Güte des Herrn. In klaren Nächten kann man im Mondlicht bis Mitternacht lesen. Für Laien ist eine Bootstour um den Dunvegan allerdings wegen der natürlichen schmalen Gesteinsbögen und den unter Wasser liegenden Felsen riskant.

Eines Abends ging ich hinaus, um Sheil ins Haus zu rufen, denn es war schon längst Schlafenszeit für sie, auch wenn der langsame Sonnenuntergang nicht diesen Eindruck vermittelte. Ich sah sie ziemlich weit entfernt neben einem Mann auf dem Rasen sitzen und erschrak. Sheil ist nämlich sehr hübsch und – egal, ich rannte jedenfalls los. Anscheinend amüsierte sie sich prächtig. Sie hielt eine Papiertüte in der Hand, deren Inhalt die beiden sich teilten, die Köpfe dicht beieinander. Und da wusste ich plötzlich, dass das Geschöpf neben Sheil eines jener Naturgeister war, von denen es in Skye, und übrigens auch in England, an offenen und abgelegenen Plätzen nur so wimmelt. Vater hat ein Buch über sie geschrieben. Auf einer Wanderung in Wales verlief er sich am Cader Iris und sah ein winziges unterirdisches Wesen, dessen Klopfen bereits Dutzende von Touristen vernommen hatten. Als ich wissen wollte, ob er Angst gehabt habe, erwiderte er: »Oh nein, ich habe einfach ›Hallo‹ gesagt, und der kleine Mann hat sich verbeugt und ist verschwunden.«

Aber Sheil?

Ich zündete mir eine Zigarette an. »Saffy findet, du solltest jetzt reinkommen«, sagte ich. »Polly hat mal wieder eine ihrer Arbuthnot-Anwandlungen.«

»Oh, warum denn?«

»Die Jagdveranstaltung in Schottland wurde abgeblasen und jetzt ist sie wütend, weil sie zurück in die Addison Road muss.«

»Die arme, alte Polly.«

»Ja, ein starkes Stück. Aber sie musste ja unbedingt einen *Pierrot* heiraten …«

»Andererseits – die Macalistairs mögen Polly und

ihren Vater wirklich gern. Sie würden ihr doch niemals nur wegen Saffy absagen? Sie hätte von hier aus direkt hinreisen sollen, mit dem Zug um viertel nach Elf«, sagte Sheil mit jämmerlicher Stimme.

»Na ... vielleicht ist es nur so eine Ahnung«, räumte ich ein.

»Kommt Toddy heute Abend nach dem Essen bei uns vorbei?«

»Unbedingt. Er hat Saffy getroffen, als er unsere Wohnung verließ und die beiden haben sich wie üblich um die Wette geräuspert.«

Sheil kicherte schrill und ein erschrockener Brachvogel flatterte auf. Dann kam Crellie auf sie zugesprungen und beanspruchte augenblicklich ihre gesamte Aufmerksamkeit. Seine mit Blut- und Schleimspuren bedeckte Schnauze verriet uns, dass er irgendwas Verbotenes in Richtung Schaf oder Kaninchen angestellt hatte. Es war Zeit für seinen Beicht-Vesper-Gesang:

Hab an den Zehn vier Mörderkrallen
Unschuldige Seelen mussten fallen!
Ein Entchen und zwei Lämmchen,
Drei Kätzchen und ein Hähnchen.

Crellie ließ sich ins Gras fallen und blinzelte uns verschmitzt an. Manchmal ist er wirklich schrecklich. Beispielsweise wälzt er sich für sein Leben gern in allem, was stinkt, setzt sich anschließend mitten hinein, lässt den Kopf hängen und macht ein frommes Gesicht. Im Grunde ist er aber ein lieber Kerl und kein Snob – wie die Eisenminna –, sondern bloß ein Schwindler. Aber manchmal beweist er auch Löwenmut und am liebsten erzählen wir uns, wie er Lord Roberts seinerzeit bei der Befreiung von Mafeking half. (»Bobs«, sach ich, »das ham wir ja prima hingekriegt.« »Colonel Crellie«, sacht er, »Sie sind'n wahrer Held.«) Aber wir haben ihm trotzdem eine verpasst, Mafeking hin oder her.

4

Vor zwei Jahren sah und sprach ich das erste Mal mit Lady Toddington, obwohl ich sie schon seit fast drei Jahren sehr gut kenne.

Das Gericht hatte meine Mutter als Geschworene berufen (der offizielle Wisch endete mit »hat weisungsgemäß zu erscheinen«, was in meinen Augen alles entschuldigte), und ich, die treue und brave Tochter, stellte mich ebenfalls, bewaffnet mit Riechsalz und belebenden Bonbons aus Fleischextrakt, an einem nebligen Morgen um neun Uhr zur Verhandlung ein. Wenn es um das »Gesetz« geht, packt meine Familie seit jeher das blanke Entsetzen, nur vergleichbar mit der abwehrenden Angst vor dem »Arbeitshaus«, dem Universalkennzeichen heruntergekommener Landstreicher. Das Gericht war zufällig das von Toddington. Meine sich sträubende Begleiterin wurde bei der Verhandlung nicht eingesetzt, musste sich für den Rest der Woche jedoch als Ersatzgeschworene bereithalten und an allen Sitzungen teilnehmen.

Das Gesetz kann ja so unverschämt und undankbar sein. Ich würde einen Hund besser behandeln als das Gericht Geschworene, für die es keine Verwendung hat. Während Mutter zitterte und schuldbewusst dreinblickte und ich die Szene in vollen Zügen genoss, hielt ein Gerichtsdiener den Vorhang, dessen Reinigung überfällig war, auf, und Toddington rauschte herein und ließ sich auf der Richterbank nieder.

Ich glaube, genau von diesem Augenblick an gehörte ihm unsere Fantasie, die er in Besitz nahm und vollständig beanspruchte.

Es lag auf der Hand, dass wir zunächst einmal alles über ihn erfahren wollten, und da konnte ich mich nützlich machen und ließ ein Zeitungsexemplar aus der Redaktion mitgehen.

Geboren 1858. (Ein echter Dämpfer, seine Tage sind gezählt.)

Clubs: Athenæum und Garrick. (Wieso das Garrick? Die meisten Clubmitglieder sind doch Schauspieler.)

Verheiratet (*aha!*) seit 1884.

Sie hieß Mildred Ethelreda Brockley (*Meine Güte!*)

Zwei Adressen, eine an der Themse, die andere in der Stadt. (*Warum wohnt er ausgerechnet am Fluss?*)

Eine Liste kostspieliger und konventioneller Hobbys. Golf. (*Wie süß! In Knickerbockern sieht er bestimmt niedlich aus*!)

Dann eine Zusammenfassung seiner standesgemäßen und teuren Ausbildung und eine zwei Spalten lange Beschreibung seiner juristischen Glanzleistungen. (*Ein schlauer Bursche!*)

Seitdem sind wir bestimmt ein Dutzend Mal an seinem Haus vorbeispaziert. Besonders ergiebig war das allerdings nicht. Ich habe Buch darüber geführt, wann er seine Blumenkästen austauscht und mir sehnlichst gewünscht, er (oder Mildred) hätten eine weniger ausgeprägte Leidenschaft für dichte Ligusterhecken und Pantoffelblumen. Immerhin gelang es mir, durch das Esszimmerfenster eine sehr ordentliche Eichenanrichte zu erspähen, und die Wärmflasche an der Wand war blitzblank poliert.

An Fotografien von ihm zu kommen war nicht schwer, (zwei meiner Zeitungskollegen gaben mir drei), und unsere Familie geht meist davon aus, dass ein weiterer Abzug im Anmarsch ist, wenn der Postbote zuerst an der Tür scharrt, bevor er schließlich doch klingeln und zweimal klopfen muss.

Ein Teil der Informationsbeschaffung bestand darin, Bekannte von Toddington aufzutreiben. Der Ehemann einer meiner Freundinnen hatte ihn zwar »früher oft gesehen«, doch inzwischen (man ahnt es schon) besitzt er eine Kaffeeplantage in Kenia und ist nahezu unerreichbar. Ich war noch etliche Male ähnlich nah dran. Mir war klar, dass mir mein Beruf bei der Suche nicht weiterhelfen würde. Ich arbeite nicht als Reporterin, sondern gehöre jener schwer einzuordnenden Spezies der schreibenden Zunft an, welche auf Geheiß der Fleet Street hin und wieder beschreibende und namentlich gekennzeichnete Artikel über Menschen und »Strömungen« zu Papier bringt. Nur deswegen saß ich einmal einen Nachmittag lang in Tottenham auf dem Bett eines berüchtigten mormonischen Bischofs oder auf einer Kirchenbank in der Westminister Abbey, als Prinzessin Mary heiratete. Dennoch schlug ich, als ich wieder einmal im Büro vorbeischaute, meinem Redakteur vor, er solle die Berichterstattung bei Gericht ausbauen.

»Und warum, bitteschön?« rief er ärgerlich aus. »Darüber kannst du nicht berichten, dafür sind Henderson und Cato zuständig. Und über den Privatkram der Richter hat E.R. Innern von der *Daily Mail* längst alles Wissenswerte geschrieben.«

»Ich möchte Toddington eben gern persönlich kennenlernen«, erklärte ich.

»Findest du ihn etwa sympathisch?«

»Ich vergöttere ihn«, rief ich aus. Ich habe vor Jahren festgestellt, wie einfach man Menschen auf die falsche Fährte locken kann, wenn man die Wahrheit und nichts als die Wahrheit sagt. Auch jetzt wirkte es wie ein Zauber.

Der Redakteur grinste und fuhr sich durchs Haar.

»Das tut mir wirklich leid, aber ich glaube, da können wir nichts für dich tun.«

»Mistkerl! Schwein!«, gab ich zurück (ich mag ihn wirklich gern).

»Dabei fällt mir schlagartig ein: Ich brauche von dir einen intelligenten Artikel über das Thema ›Wie unartig ist das Bank-Holiday-Girl wirklich?‹ 1000 Wörter, einverstanden?«

»In Ordnung, ich setze mich ins Büro nebenan und schreibe ihn dir sofort, wenn du Papier, Bleistift und eine möglichst große Waschschüssel für mich hast«, sagte ich entgegenkommend.

»... und zieh bitte nicht zu sehr über Brighton her. Der Chef macht im August dort Urlaub.«

Um die Mittagszeit setzte ich den Schlusspunkt unter meinen Artikel. Binton rief mich in sein Büro und deutete auf den Schreibtisch. »Sieh mal, das ist für dich. Ich habe eine Kopie für das Zeitungsarchiv machen lassen«. Er beugte sich über die Fotografie von Toddington. »Was für ein hässlicher kleiner Zwerg.«

»Sehr unscheinbar« stimmte ich friedsam zu. »Ich danke dir vielmals.« Singe nie das Loblied eines Mannes vor einem anderen, so viel weiß ich aus Erfahrung. Es bringt sie nur in Harnisch, und sie benehmen sich so eifersüchtig und lauernd wie eine Schar boshafter Debütantinnen. Wie mir seine Sekretärin erklärt hat, gilt Binton allgemein als gut aussehend, und ich habe ihn schon oft dabei beobachtet, wie er seine äußerlichen Vorzüge bei Damen der oberen Kreise, die sich durch einen Redaktionsbesuch etwas kostenlose Publicity erhoffen, einsetzt. Mich dagegen lässt sein Äußeres völlig kalt und daran wird sich auch nichts ändern. Wenn es schon um Schönheitsfragen geht, gebe ich Jelks, seinem Assistenten, allemal den Vorzug; der ist wirklich unauffällig und seine Ws und Hs sind dicht und gehaltvoll wie der Wein in Vallombrosa. *Was ist denn* klingt bei ihm wie wasn und *Who's Who* wie husuu, als wäre es eine Art Hexenfluch oder ein Ritual schwarzer Magie in Zentralafrika. Aber die beiden sind richtige Schätzchen.

Als ich nach Hause kam, ertönte gerade der Gong zum Mittagessen. Unsere Familie nimmt die Mahlzeiten umgeben von unsichtbaren Zeugen ein, es sei denn, wir haben Besuch. Der vielbeschäftigte Dion Saffyn hat meist keine Zeit, um eine Pause einzulegen, und nimmt per Telefon vom Büro aus teil, ebenso wie Pauline. Die Eisenminna stört uns nur selten und außer einem schwachen, gesitteten »*Tra la! Mes enfants*!«, das gelegentlich durch den Äther zu uns herüberknistert, hören wir kaum noch von ihr. Manchmal gestehen wir einander freimütig, wie todlangweilig wir sie finden. Seit Katerine an der Schauspielschule ist, bringt sie hin und wieder einen Schauspielerfreund zum Essen mit. Wir hoffen, dass er nicht versuchen wird, uns anzupumpen. Mutter hat ihn einmal dazu verdonnert, in der Schlange vor dem Gaiety-Theater Hamlets Monolog *Sein oder Nicht Sein* zu rezitieren, aber wir haben ihn aus dieser Notlage befreit und vor lauter Dankbarkeit hat er reihum mit jeder von uns geflirtet und Mutter als »Vereeeehrteste!« angesprochen und Sheil mit »Süüüüßes Kind, wie geht es meinem Augenstern denn heute?« begrüßt. Das kehlige Vibrato hatte er sich von Georg Alexander, dem berühmten Schauspieler, abgeschaut. Inzwischen hat sich unsere anfängliche Begeisterung für ihn abgekühlt und auch Katrine, zu der er ja gehört, falls er irgendjemandem gehört, verhält sich zunehmend distanzierter. Ich werde sie irgendwann schrecklich vermissen und ahne auch schon, woran das liegt. Ich habe nämlich insgeheim die Theorie, dass angehende Schauspieler aufgrund ihrer Ausbildung dazu ermutigt werden, sich den ganzen Tag lang etwas vorzumachen. Ich habe noch nie eine derart unwirkliche und künstliche Atmosphäre erlebt wie an der Schauspielschule, auch außerhalb des Unterrichts. Die Folge davon ist, dass die Schülerinnen erschöpft nach Hause kommen und sich völlig in dieser Scheinwelt verausgabt haben. Ihren Familien haben sie nichts anzubieten als sich selbst.

Heute Morgen saß ich am Frühstückstisch neben Toddy und Henry Nicholls, seinem Mitarbeiter, und die beiden waren in eine heftige Diskussion verstrickt. Anlass war die Bestellung der Mittagsmahlzeit in Simpsons Speiserestaurant. Was Essen betrifft, ist Toddy sehr penibel und besteht auf einer Doppelportion Austern in seiner Fleischpastete, wenn er ins Cheshire Cheese geht. Sheil behauptet, er würde »mit seiner kleinen Hand in der Pastete herumsuchen und als erstes die Austern herausfischen.« Nicholls ist Toddy sehr ergeben und sie spielen samstags zusammen Golf – vorausgesetzt, Toddy hat am Morgen keinen Gerichtstermin. Wenn ich einen freien Nachmittag in Toddys Gerichtssaal verbringe und Henry sehe, der etwas unterhalb der Richterbank sitzt und dessen Aufgabe darin besteht, Zeugen zu vereidigen oder aufzustehen und sich flüsternd mit Toddy zu beraten (der dann immer so tut, als würde er ihn kaum kennen), grinse ich insgeheim bei der Vorstellung, was vor, na, ungefähr zwei Wochen oder gestern passiert ist. Wenn alle aufstehen, ist es allerdings schrecklich, dass ich mit den anderen Anwesenden mir nichts, dir nichts auf den *Strand* hinausgeschickt werde und Toddy mich nicht (wie ursprünglich verabredet) in sein Arbeitszimmer bittet.

Besonders spannend für uns ist jedoch, wie sich Toddy für den Prozess ausstaffiert. Richter besitzen einen erstaunlichen Kleiderfundus. Manchmal bin ich fest überzeugt, dass ich jedes Kleidungsstück in seiner Truhe kenne, aber dann zaubert er doch etwas Neues daraus hervor.

Manchmal erscheint er ganz in Schwarz, mit rotem Band, oder umgekehrt, in roter Robe mit schwarzem Band. Gelegentlich wirft er sich eine schwarze Robe mit hermelinbesetztem Kragen und Ärmel über und sieht aus wie Lewis Sydney von den Ziegfeld Follies. Ich habe ihn auch schon in schwarzer Robe mit sehr geschmackvollem beigefarbenem Seidenfutter und einer mit Schleifchen verzierten Haube gesehen; gerade als ich mich von diesem Anblick erholt hatte, trat er beim nächsten Gerichtstermin in einer richtig schicken Robe mit rosa durchwirkter Seide an. Nur sein Vorrat an Manschettenknöpfen ist begrenzt, er trägt immer dieselben – schlicht, oval und golden. Mutter sagt, sie wartet nur noch darauf, dass er eines Tages in einem mit Rosenknospen geschmückten Ballettröckchen in den Gerichtssaal wirbelt und wir danach vielleicht wieder zu den schwarz-roten Roben zurückkehren. Nach dem Essen haben wir im Obergeschoß eine Wohltätigkeitsmatinée veranstaltet (für den Verband der Verängstigten Anwälte) und unsere Lieblingspuppe übernahm die Hauptrolle in dem Stück namens *Meineide*.

Wie immer am Samstag hatte sich auch Katrine zum Essen eingestellt und als ich den ersten Bissen nahm, überfiel mich aus heiterem Himmel eine tiefschwarze Depression. Das kommt hin und wieder vor, meist ohne Anlass, und ich kämpfe auch nicht dagegen an, weil das erwiesenermaßen sinnlos ist. Vater litt ebenfalls unter solchen Stimmungsschwankungen und pflegte oft zu sagen, er habe den Tag mit dem festen Vorsatz begonnen, jede Minute zu genießen, und urplötzlich »schwebte diese verfluchte schwarze Wolke heran und alles war im Eimer.«

Ich warf einen Blick um den Tisch, sah Katrine, meine Mutter, und die arme Miss Martin. Was zum Teufel tun wir alle hier?, dachte ich trübe. Ist Mutter mit ihrem Leben zufrieden? Bin ich auch nur einen Pfifferling wert? Wird Sheil erwachsen und mir fremd werden und irgendeinen Hornochsen heiraten? Wird Katrine überhaupt jemals drei Zeilen auf einer Bühne sprechen? Warum muss ausgerechnet die tragische, verfluchte, elende Martin bei uns am Tisch sitzen? Und warum ist Toddy nicht hier? Sogar Katrine wirkte nicht so munter wie sonst.

»Heute Abend kommt Toddy zum Essen«, flötete Sheil, »und wir haben Lammkoteletts für ihn, die mag er doch so gern. Sollten wir allmählich nicht auch mal Mildred einladen, Mutter?«

Miss Martins Gesicht hellte sich auf und sie griff nach dem rettenden Strohhalm. »Und wer ist ›Toddy‹, wenn man fragen darf?«

»Toddington«, gab Sheil kurz angebunden zurück.

Mutter blickte verlegen drein und ich machte mir Shakespeare'sche Gedanken. Das wirkt immer beruhigend.

Hinaus mit dir, Verfluchte,
pack dich aus diesem
zwie'gespaltnen Haus

So von allem entblößt ist die Welt doch ein übler Ort, unbarmherzig, böse und es gilt die Formel Zahn um Zahn.

Nach dem Essen überredete ich Katrine zu einem Spaziergang im Middle Temple. Wenn sie schon in dieser Stimmung war, konnte ich ebenso gut das Beste daraus machen. Sie war deprimiert und schleppte sich dahin wie auf dem Weg zu ihrer eigenen Beerdigung, und mir war alles so zuwider, dass ich Mr. Goldsmiths Grab einen Schlag mit dem Regenschirm versetzte. »Ich würde fünf Pfund bezahlen, wenn jetzt jemand käme und uns sagte, wie klug wir sind«, erklärte ich.

»Und ich würde dem Müllmann eine 50-Shilling-Münze in die Hand drücken, wenn er mich zusammen mit dem Abfall wegschafft.«

»Wetten, dass du dafür mindestens ein Pfund springen lassen müsstest?«, sagte ich mitleidig.

Um mich aufzumuntern, knurrte sie: »Und obendrein machen wir im Sommer auch noch Ferien in Yorkshire.« Schließlich verkrochen wir uns in ein Kino, denn kein Ort ist deprimierender, und wir glauben beide fest an das Ähnlichkeitsprinzip der Homöopathie. Krankheiten lassen sich am besten mit dem Mittel heilen, welches sie verursacht.

Am Abend las ich bis spät in die Nacht. Die Bibliothek meines Vaters zeichnet sich durch besonders einfühlsame Bücher aus. Dank ihm entdeckte ich *Peter Ibbetson, Sturmhöhe* und *Meine beiden Könige* von Mrs. Evan Nepean, die, als sie die National Portrait Gallery besuchte und Knellers Porträt des toten

Monmouth betrachtete, sich mit einem Mal daran erinnerte, dass dieses Bild einmal ihr gehört hatte; und der plötzlich ihr früheres Leben am Hofe Karls II. einfiel, über das sie während des Krieges ein Buch schrieb, was mich so entflammte, dass auch ich mich vor dem Bild des hübschen, aber wertlosen James Scott Monmouth einfand, es für eines der schönsten Bilder der Welt hielt – und mich an rein gar nichts erinnern konnte!

Diese Gesichter! Sie lassen einen nicht mehr los! Vor schicksalhaftem Geraune war ich sicher, aber da sind andere … andere, die einem ihre Vergangenheit aufdrängen, einen in Anspruch nehmen, und die sachte, ganz sachte die Hände ausstrecken und einen vereinnahmen möchten … glatte Oberflächen, die sich in kleine Bühnen verwandeln, auf denen auch noch ein Plätzchen für einen selbst wäre …

Oder jene verunstaltete Leinwand, von Biografen als »furchtbare Schmiererei« abgetan: Emily Brontë im leidenschaftlichen Profil. Ich bin keine Kunstkritikerin, sondern schätze an Bildern nur das, was über sie hinausweist. Emilys Anblick geht mir jedenfalls sehr nahe. Ich bin überzeugt, dass sie dort am Trafalgar Square nicht zur Ruhe kommt. Als ich sie zum ersten Mal sah, sagte ich nur: »Meine Liebe, ich kann nichts für Sie tun.«

In Vaters Bibliothek entdeckte ich auch Rabelais, einen, aus meiner Sicht, unverständlichen und ziemlich beschränkten Langweiler. Wenn ich unanständig sein wollte, könnte ich bestimmt origineller sein als er, und meine Mutter und Katrine sagen, das würden sie auch hinkriegen. Als ich gerade *Der Wind in den Weiden* durchblätterte und beim »*Flotten* Herrn Krott!« angelangt war (der viele Gemeinsamkeiten mit der Eisenminna hat oder mit Crellie in einem seiner heldenhaften Mafeking-Momente), zwickte mich unversehens das Gewissen, und ich war so gut wie überzeugt, dass Miss Martin unglücklich ist. Vergebens versuchte ich, mich mit der Gruselgeschichte *Vor Neugier sei gewarnt* von James abzulenken, löschte schließlich fluchend das Licht und ging hoch in mein Zimmer. Im Flur hielt ich vor Miss Martins Tür inne und lauschte. Sie weinte sich wahrscheinlich die Augen aus wegen Cheltenham und dem Captain. Bestimmt stand dort in ihrem Zimmer ein Schreibtisch und das Knarren jeder einzelnen Diele war ihr vertraut … ich horchte und klopfte dann, zu meiner eigenen Überraschung, an ihre Tür. Ein und noch ein zweites Mal.

»Ich dachte, ich hätte Sie herumgehen hören«, sagte ich zögernd, als die reizlose Gestalt im schicklichen Nachtgewand vor mir stand. Ich hatte mich nicht getäuscht. Ihre Augen sahen rot und verweint aus.

»Oh … nein. Wie nett von Ihnen … aber es ist wirklich nichts.«

Na gut … dann eben nicht. Ich hatte wirklich keine Lust, hier auf dem Flur eine abgedroschene Theaterszene mit ihr durchzuspielen.

5

Am Morgen erwachte ich mit dem festen Vorsatz, mich ebenso elend zu fühlen wie am vorhergehenden Tag und mich irgendwie durch diesen zu schleppen und auf diese Weise alles wieder ins Lot zu bringen. Ich war jedoch ausgesprochen gut gelaunt. Ich überlegte, woran das liegen könnte und führte es schließlich auf Mutters morgen stattfindenden Geburtstag und Katrines Theateraufführung zum Semesterende in zwei Wochen zurück.

Wir haben selten Besuch, und vielleicht machen wir deshalb so viel Aufhebens um unsere Familie. Als Vater noch lebte, war das anders, entweder, weil wir damals noch jünger waren, oder weil Männer immer Gäste mit nach Hause bringen, wie Schürzenjäger, deren Charme sich niemand entziehen kann. Seit Mutter Witwe ist, gibt sie keine Gesellschaften mehr, erträgt aber mit großer Gelassenheit die Gäste – sie nennt sie »die Beschwipsten« –, die Katrine und ich mit nach Hause nehmen, junge Schriftsteller und Studenten beiderlei Geschlechts. Zu Weihnachten und bei Geburtstagen überschütten wir uns regelrecht mit Geschenken, und gerade das ist ein weiterer Grund, der gegen Gäste spricht, denn wir können es uns nicht leisten, Besucher ebenso großzügig zu überschütten. Als mir Mutters Geburtstag einfiel, klopfte ich an die Wand, und Katrine kam halb angekleidet in mein Zimmer herüber.

»Hör mal, altes Haus«, sagte ich. »Wegen Mutters Geburtstag?«

»Die Martin?« riet Katrine.

»Schlau von dir! Katrine, ich will nicht, dass alle Geschenke frühmorgens an Mutters Platz am Tisch legen. Verstehst du?«

»Verstanden. Aber weiß die Martin überhaupt Bescheid? Falls ja ... und Sheil hat es ihr bestimmt erzählt ... und wir können Sheil ja schlecht sagen, *warum* wir die Geschenke nicht an Mutters Platz legen wollen. Arme Martin, sie kriegt mit der Kleinen kein Bein auf die Erde ...«

»... und darum sollten wir ihr nicht auch noch Knüppel dazwischenwerfen. Lass mich mal überlegen. Ich hab's. Jeder von uns überreicht Mutter am Morgen nur ein Geschenk – und zwar das jeweils scheußlichste.«

»Toll!«, rief Katrine bewundernd.

»Und K, wie steht's mit Futter?«

»Wirtschaft, Horatio. Wirtschaft! Es dauert noch einen Monat, bevor ich an ein singendes, klingendes Töpfchen Minzsauce komme.«

Ich gab Katrine zwei Pfund, denn inzwischen bin ich der Mann im Haus und habe manchmal das Gefühl, Katrine und Sheil wären meine Töchter. Am nächsten Tag lagen an Mutters Platz drei kleine Päckchen und wir benahmen uns beim Frühstück geradezu lächerlich steif und gesittet und vermieden es tunlichst, einen Blick zu wechseln, um nicht herauszuplatzen, während Mutter sich bedankte und Miss Martin, der arme hässliche Wels, zusehen musste. (Später stürzte sie davon und kaufte einen Rosenstrauß für Mutter und ich frage mich, wie Martins Geburtstagsmorgen wohl aussehen mögen). Anschließend geleiteten wir Mutter ins Wohnzimmer und durften uns zwanzig Minuten lang natürlich benehmen.

Insgesamt gab es elf Geschenke. Die Eisenminna hatte eine Riesenschachtel Schokoladepralinen geschickt und die gläserne Puderdose mit Karte stammte von Crellie. (Colonel Crellie: United Services Club, stand drauf). Das Geschenk muss er von seinem Ohrengeld gekauft haben, denn mangels Taschen ist das unserer Ansicht nach der einzige Platz, wo er es aufbewahren kann. Dion Saffyn hatte Eintrittskarten für ein Stück geschickt, das Mutter unbedingt sehen wollte (nebst Grußkarte »alles Liebe von Saffy«) und Polly einen großen Strauß Maiglöckchen (»Aus dem Garten meines Vaters, mit den allerbesten Wünschen von Mary Arbuthnot Saffyn«), woraus Mutter schloss, dass Polly eine ihrer Landadelanwandlungen gehabt hatte, wahrscheinlich aus Eifersucht wegen unseres vertrauten Umgangs mit ihrem Gatten. Pauline und Ennis hatten sich auf Karten beschränkt; ihr schmales Gehalt reichte nur für Weihnachtsgeschenke aus.

Das beste Geschenk kam von Toddington. Drei wunderschöne Paar Seidenstrümpfe sowie ein Anschreiben (»Der lieben Mrs. Carne alles erdenklich Gute zum Geburtstags von Ihrem alten Freund Toddy«. Garrick Club. Athenæum) und Mutter umarmte uns alle und sagte, »Oh, *Danke*schön, Toddy ist so ein lieber Kerl.«

Und dann packte sie unsere Geschenke aus.

Die Aufführungen der Schauspielschule am Semesterende waren so lustig, dass ich Nasenbluten bekam, mich in die Garderobe hinaustastete und dort vor Lachen brüllte. Mutter blieb sitzen, damit sie Katrine später alles dazu sagen konnte, was sich dazu sagen ließ, und schüttelte sich vor Lachen. Meine Schwester war unter anderem als Polonius zu sehen, und gerade als sie bei »Die Kleidung kostbar« angelangt war, löste sich ihr Bart und schwang die gesamte restliche Szene lang wie ein Pendel hin und her. Und in *Die Romanze des Professors* (was für eine Schmonzette!) klemmte das Gartentor und der grillige Einsiedler blieb hinter seinem eigenen Zaun gefangen.

Später musste sich eine der Schauspielschülerinnen, wie Mutter mir erzählte, eine Pfeife stopfen und rauchen, und nahm dabei so viel Tabak, dass einer der Zuschauer ausrief »Um Gottes willen!« und natürlich zog die Pfeife nicht, und sie musste den Tabak wieder heraus pulen. »Die gesamte Bühne«, sagte Mutter, »war mit Tabak vollgekrümelt. Wenn die Kleine alle Pfeifen so gut reinigt, bringt sie es noch weit.« Und Toddington, der neben meiner Mutter saß, sah zugleich streng und nachsichtig aus und bemerkte, solche Missgeschicke seien schrecklich, wo doch alle so eifrig für die Aufführung gearbeitet hätten. Anschließend brachte er uns in seinem Auto nach Hause. Mitchell, der Chauffeur, kennt unsere

Adresse inzwischen so gut, dass er dazu neigt, diskret wie ein Bühnenbutler zu hüsteln, sobald sie erwähnt wird. Als ich Toddy spaßeshalber davon berichtete, machte er Mitchell sofort zur Schnecke. Toddy hat eine scharfe Zunge. Aber das war ja zu erwarten.

Vor zwei Wochen habe ich meinen Roman an einen Verleger geschickt und bin deswegen ganz aus dem Häuschen. Toddy hält mein Machwerk für »außerordentlich gelungen« und sagt, ich sei ein kluges Kind. Er hat mich zur Feier des Tages ins Ritz ausgeführt und dabei ziemliches Aufsehen verursacht. Er ist eben eine bekannte Persönlichkeit. Mildred war nicht mit dabei. Sie verhält sich sehr zurückhaltend; sie hat uns zwar einen »Antrittsbesuch« abgestattet, aber, das spüren wir deutlich, hauptsächlich ihrem Gatten zuliebe.

Doch mit der Zeit – die Berufung meiner Mutter liegt schon beinahe ein Jahr zurück – lernen wir andere Seiten an Lady Mildred kennen. Vor einer Woche hat sie mich zu sich nach Hause gefahren, mir Kirschlikör kredenzt, plötzlich die Schuhe abgestreift und gesagt, sie habe ihr Leben unvorstellbar satt und wozu man sich eigentlich während der Ballsaison für einen Haufen Leute abrackern sollte, die sich einen Dreck um einen scherten? Und Mutter sagte: »Toddy fände es bestimmt unsäglich, dass sie ›eigentlich‹ gesagt hat. Mich überrascht ihr Ausbruch aber nicht. Ich habe dir schon ein paar Mal gesagt, dass Mildred längst nicht so hochnäsig ist, wie ihr denkt. Brockley ist schließlich … ein Allerweltsname.«

Mutter ist verständig und schafft es immer wieder, mich zu beruhigen. Schreckgespenster halten sich fern von ihr.

»Aber *warum* hat Toddy sie dann geheiratet?«, wollte ich wissen.

»Ach, du weißt doch, wie das ist. Er war um die Zwanzig und sie vermutlich hübsch.«

»Ist es nicht etwas eigenartig, sich vorzustellen, dass Toddy isst, sich rasiert und gelegentlich unter Anfällen von Leberschmerzen leidet?«

»Ist doch kein Wunder! Vermutlich schluckt er löffelweise Pillen. Mildred würde sein Aussehen als ›gallig‹ bezeichnen.«

»So sieht er überhaupt nicht aus.«

Mutter reckte das Kinn. »Na, du glaubst offenbar, er würde sich nur auf dem Rücken eines vergoldeten Elefanten fortbewegen.«

»Kannst du ihn dir denn als Passagier im Zug oder Bus vorstellen?«

»Selbstverständlich. Wahrscheinlich nimmt er jeden Tag den Bus.«

»Also, ich kann mir das *nicht* vorstellen«, erwiderte ich entschieden. Und dann ging ich in die Bibliothek und laborierte an einem heftigen Minderwertigkeitskomplex. Die Ballsaison war noch nicht zu Ende und in den vorbeibrausenden Wagen saßen teuer gekleidete und sehr gefragte Mitglieder der Gesellschaft: Mädchen mit Augen wie Diamanten, die immer das Richtige taten und völlig anders sprachen als wir; von sich selbst überzeugt, geprägt von einer grundsätzlich positiven Lebenseinstellung, deren freudiger Überschwang sich stets in einem langgezogenen »Faahhbelhaft!« äußerte.

Als ich einmal versuchte, Mutter alles zu erklären, meinte sie nur: »Diese Mädchen haben keine Schatten.«

Natürlich beneide ich sie nicht, dennoch finde ich sie und ihre ganze Dummheit und so weiter beunruhigend, einschüchternd und beeindruckend. Sie brausten an uns vorbei und legten zu Tageszeiten, an denen alle anderen Leute arbeiteten, ein typisches Mildred-Toddington-Benehmen an den Tag. Doch zugleich bemerkte ich bei Mildred eine Verhaltensänderung. Sie benahm sich plötzlich menschlicher und weniger wohlerzogen.

Ich fing an, Bücher über Leute zu lesen, die noch niedergeschlagener waren als ich selbst; es sind die einzigen Bücher, die bei solchen Gelegenheiten in Frage kommen. Ich nahm *Jane Eyre* aus dem Regal und behielt Miss Martin genau im Auge, als sie, einen ihrer unförmigen Hüte auf den Kopf, mit Sheil zu einem Spaziergang aufbrach.

Doch ich war unkonzentriert und beschloss, am Abend mit Katrine in eine Revue zu gehen. Das Theater lag etwas außerhalb, dort waren die Programmnummern im Allgemeinen abwechslungsreicher und lebhafter. Wir haben eine Schwäche für Doppelvorstellungen, leicht ramponierte Paillettenvorhänge an der Bühne und die hastige Ouvertüre des Orchesters, während sich die Musiker noch das Bier von den Lippen wischen sowie die Reklame der Geschäfte vor Ort, die von den billigen Sitzplätzen aus auf die

Bühne projiziert werden: Hosen von der Stange, die aussehen wie Abflussröhren, und Hüte, mit denen man nicht mal begraben werden will.

In einem der Theater wirbt ein Gemüsehändler namens Seifensieder, und wenn sein Bild auf die Bühne geworfen wird, klatschen wir immer Beifall, denn er ist ziemlich kahl, schon recht alt und vermutlich entgeistert über die vielen großen Ketten, die ihm Konkurrenz machen und abgesehen davon muss es schrecklich sein, einen solchen Nachnamen zu haben.

Manchmal gehen wir auch hinter die Bühne und plaudern mit den Künstlern, die ich kenne und die vielleicht noch auftreten. Katrine staunt Bauklötze und ist beeindruckt von mir, während ich so tue, als sei das die normalste Sache der Welt, obwohl der Anblick der mit Kostümen gefüllten Körbe und der typische Theatergeruch hinter der Bühne mir jedes Mal zu Kopfe steigen. Katrines Theaterbegeisterung und ihre Illusionen würden sich nach drei Wochen Tingelei durch die Provinz schnell legen, und ich persönlich habe die Schwärmerei fürs Theater längst überwunden, selbst wenn das ganze Drumherum, das ich durchschaut habe, mich nicht völlig kalt lässt.

Am besten gefallen uns die in den Vororten besonders beliebten, bunt glitzernden, quirligen Jongliernummern (wir nennen sie die »Hey-Hopps«). Katrine hat immer Mitleid mit dem Mädchen in Strumpfhosen, das nur auf der Bühne stehen, fröhlich und interessiert dreinschauen und irgendwelche Sachen auffangen muss; sie fragt sich dann jedes Mal, wie es bei ihr zu Hause wohl aussieht, und welche Bücher sie liest und welche Ansichten sie hat. Ich brauche mich damit nicht zu beschäftigen, denn ich kenne das Mädchen und weiß, dass es an nichts anderes als diese Show, Kleider, Glücksbringer und Männer denkt, sich mit jemandem ein Zimmer etwas außerhalb teilt und dass auf ihrem Frisiertisch ein Flakon steht. Schauspieler sind sehr elastisch in ihrem Streben nach Höherem; sie denken über vieles nach und sammeln künstlerische Objekte, die ihrer gesellschaftlichen Position nicht entsprechen und sie sind meist rundum sympathisch und überhaupt nicht arrogant. Diese Woche stand Freddie Pipson ganz oben auf dem Programm und ich sagte zu Katrine: »Wir besuchen ihn nach dem Auftritt hinter der Bühne.«

Pipson ist das reinste Wunder. Er allein rechtfertigt die schreckliche Redewendung »Der geborene Gentleman.« Er hat alles, außer einem adligen Stammbaum und falls er jemals heiraten sollte, kann sich seine Zukünftige glücklich und gesegnet schätzen. Pipson verdient zweihundert Pfund pro Woche und kam im Armenviertel zur Welt. Er hat eine furchtbare Handschrift und seine Verwandtschaft ist nicht vorzeigbar, aber ich würde ihm ohne Zögern mein Geld, mein Leben und meine Tochter anvertrauen. Diese Gedanken gingen mir durch den Kopf, als die Band loslärmte und Pipson in Uniform, mit Schwert und Haarteil auf die Bühne marschiert kam und sein berühmtes Lied »Ich bin der Kapitän vom Loyalen Küchen-Korps« unter Beifallstürmen zum Besten gab. Er hat mir erzählt, dass seine Vermieterin ihn vor

Jahren zu diesem Lied angeregt hat, als er noch als unbekannte erste Nummer auftrat. Den Text hat er auf einem gebrauchten Briefumschlag notiert und zum ersten Mal bei einem Vorspiel in Islington vorgetragen. »Es wurde ein Riesenerfolg, Miss Carne, und ich habe es nie bereut. Seither gehört das zu meinem festen Repertoire.«

Gemeinsam mit den anderen stimmten wir ein und plötzlich entdeckte mich Pipson im Publikum, grüßte mich und forderte mich mit einem nahezu unsichtbaren Kopfnicken auf, nach der Show in seine Garderobe zu kommen.

Ich bin der Kapitän vom Loyalen Küchen-Korps!
Lenk vom Herde aus die Jungs im Feld
Lass die Töpfe klirren fix
Verflixt, ohne mich geht nix.
Und der Feind um Gnade fleht
Wenn meine Ofenklappe zieht.
Alles fragt: »Wer ist der tolle Hecht
Dem Schweißtropfen von der Stirne perlen?«
Die Soldaten stellen mich Fremden vor
Bin das Idol des Regiments, einer von Derbys Kerlen
Ich bin der Kapitän vom Loyalen Küchen-Korps.

Pipson hatte das Lied bei Ausbruch des Ersten Weltkrieges geschrieben, nachdem man ihn dreimal als untauglich abgelehnt hatte. Noch nie, sagte er zu mir, habe er sich so erniedrigt gefühlt und als er nach Hause kam, befreite er sich auf der Rückseite eines

Briefumschlages von dieser Schmach. Als er das Lied zum ersten Mal vor »richtigen Soldaten« sang, brach er allerdings beinahe zusammen. Er spendete die Hälfte seiner Gage an Kriegswohltätigkeitsverbände, hörte auf zu rauchen und genehmigt sich auch jetzt nur ein Glas nach der Vorstellung, obwohl seine Garderobe wegen der vielen Besucher wie eine Bar aussieht. Ich nickte ihm ein »Ja« zu. Ich habe Pipson vor einigen Monaten kennengelernt, als ich eine Serie über Music-Halls für Binton schrieb, konnte ihn damals aber nicht dazu bringen, von sich selbst zu erzählen, weil er nur über mich sprechen wollte. Katrine flüsterte mir aufgeregt zu: »Ob uns wohl jemand mit ›Freut mich, Sie kennenzulernen‹ begrüßt?« »Das werden sie alle sagen«, gab ich zurück, »aber ich habe keine Ahnung, was man darauf erwidert. Wenn jemand zu mir sagt ›Gesundheit!‹ weiß ich auch nie, ob ich antworten soll, ›Danke!‹ oder ›Gleichfalls!‹«

Während Pipson sich rasch für die nächste Nummer umzog und die Band den Refrain des Küchen-Korps spielte und anschließend den des nächsten Songs anstimmte, geriet ich auf einen dieser gedanklichen Abwege, wie sie Lärm manchmal auslöst und überlegte, warum man nicht »Freut mich, Sie kennenzulernen« sagen sollte, wenn es genau das ausdrückt, was man vermitteln möchte; anschließend regte mich der Hinterkopf des Dirigenten zu einem Music-Hall-Sketch an, die Musik wiederum lieferte mir die erste Idee zu einem Ballett-Exposé – wobei ich nicht zu sagen vermag, woran das lag, denn sie war völlig ungeeignet für Tänzer, doch das Licht und der Lärm wirkten auf mich ein wie der Funken im Pulverfass. Einmal entwarf ich sogar die Rohfassung eines Sozialdramas, während ich einer Nummer über Wilhelm Tell auf dem Xylophon lauschte. Und Theater, Music-Halls und Konzerte üben daneben noch Wirkung auf mich aus: Ich durchlebe erneut die Vergangenheit. Wie oft bin ich nicht aus dem Theater nach Hause gekommen, zornbebend wegen irgendeiner zehn Jahre zurückliegenden Auseinandersetzung mit Bekannten, mit denen ich mich heute großartig verstehe.

Vermutlich bleibt alles bestehen, kein Gefühl, keine Persönlichkeit verschwindet jemals vollständig, sondern schwebt weiterhin in der Atmosphäre, wartet darauf, dass jemand erneut Kontakt aufnimmt, und zwar durch etwas Äußeres – durch irgendein Medium … ?

Wir schlüpften am Aufpasser vorbei hinter die Bühne, wo Pipson uns bereits vor seiner Garderobe erwartete, in Weste, Kilt ohne Clan-Muster und Flanellmorgenmantel. Das orangefarbene Haarteil hatte er abgenommen und sein Schopf war gebürstet und glatt. Er drückte mir herzlich die Hand. »Wie nett von Ihnen«, sagte er. »Ich habe meine Schwester mitgebracht«, erwiderte ich.

»Das freut mich außerordentlich. Darf ich Sie beide reinbitten? Mr. Bagley, mein Sekkertär.«

»Freut mich, Sie kennenzulernen«, sagte Katrine und Bagley verdrückte sich. Pipson brachte Kissen und Fußschemel und bot uns Whisky, Brandy, Portwein, Gin sowie Angostura und Zigaretten an, während seine beiden Garderobieren versuchten, ihm die Gamaschen auszuziehen.

»Macht euch keine Sorgen, wenn es spät wird, ich bringe euch mit dem Auto nach Hause. Und nun schießen Sie los, was macht die Arbeit? Ich habe Ihren Artikel über diesen Bastard Bill mit dem allergrößten Interesse gelesen und bin im Wesentlichen ganz Ihrer Meinung. Diese Sorte kindischer …«

Zehn Minuten später schleuderte er ein mit Fettschminke verschmiertes Handtuch beiseite. »Ich wünschte, Sie würden mir eine neue Nummer schreiben, Miss Carne. Dieses schottische Stück zieht irgendwie nicht.«

»Ja, das ist mir auch aufgefallen.«

»Ach, tatsächlich?« Er wandte sich Katrine zu. »Ich bin immer dankbar, wenn ich Menschen treffen, die mir die Wahrheit sagen, Miss Carne. Heute Abend war ich miserabel und basta.« Und dann an mich gerichtet: »Nun, was meinen Sie?«

Ich schüttelte den Kopf. »Dafür fehlt mir das Händchen. Entweder gerät es mir zu feingeistig oder so ordinär, dass Sie es nicht singen würden.«

»Was für ein Witz, eh?« Er blickte Katrine mit traurigen Affenäuglein an. »Vielleicht kommt Ihnen das merkwürdig vor, Miss Carne, aber ich würde nie eine Zeile singen oder sprechen, die ich nicht vor Ihnen singen und sprechen könnte.« Und zu mir: »Nun, meine Liebe, denken Sie in Ruhe drüber nach.«

»Warum schreiben wir nicht jetzt eine neue Nummer?« schlug Katrine vor. Ein halbes Glas Portwein und die Nähe von Pipson waren zu viel für sie. »Jeder denkt sich eine Zeile aus.«

»Bitte entschuldigen Sie mich, ich werde mich umziehen.« Pipson entschwand in sein Separée.

»Na gut.«

»Fang du an, Liebes.«

»Schummeln gilt aber nicht«, warf ich ein. »Sie müssen auch mitmachen, Umziehen hin oder her.«

Ich musterte die Schminktöpfe auf dem Tisch. »Ich knüpf ein Netz und fisch die Kerne aus dem Marmeladensud.«

»Na gut, was soll's«, rief Pipson, schleuderte den Kilt durch die Tür und ergänzte mit seinem Tenor:

»Ich schlag das Eis vom Lamm, vertick es dann als englisches Produkt.«

»Ich bin die Säule der Kirche, wo ich jeden Sonntag bin.«

»Doch ohne reines Gewissen, hat da alles eigentlich Sinn?«, ließ sich Katrine vernehmen.

Pipson steckte sein Gesicht durch die Tür und sah plötzlich ernst aus.

»Nun, das ist etwas brisant, Miss Carne, wenn Sie wissen, was ich meine. Ich persönlich bin Anglikaner, aber wir dürfen Andersgläubigen natürlich nicht zu nahe treten. Sie wären überrascht, wie viele meiner Zuhörer katholisch sind.«

Ich sah Katrine an, dass einer ihrer Wutausbrüche bevorstand, aber glücklicherweise tauchte Pipsons Chauffeur auf und wies ihn darauf hin, dass in einer halben Stunde sein Auftritt im Empire in Shepherds Bush geplant war, und Pipson bugsierte uns so vorsichtig in seinen riesigen Daimler, als wären wir aus Glas oder Leihgaben einer flämischen Bildersammlung. Er verabschiedete sich von Hopkins, sagte »Gott schütze Sie« zum Sergeant und dann wendete er den Wagen und fuhr uns nach Hause. Er dankte uns, wünschte alles Gute und als wir die Tür hinter uns schlossen, sank Katrine völlig überwältigt auf der Bank im Flur nieder und erklärte, sie sei bereit, Haus und Hof für Pipson zu verlassen. Ich sah sofort nach, ob es Briefe für mich gab. Post finde ich einfach unwiderstehlich. Alles, was auf der Fußmatte landet, gleicht einem magischen Rechteck oder Quadrat, das lebensverändernde Macht besitzt. Wir summten beide vor uns hin, erfüllt von Musik, Licht und allgemeinem Wohlbefinden und in diesem Zustand erwartet einen vielleicht etwas durch und durch Wunderbares. Ich machte Katrine auf ihren Brief – nur ein einziger – aufmerksam und verlor mich in meiner eigenen Post, als sie plötzlich einen leisen Schrei ausstieß, der mich im Nu wieder auf die Erde zurückholte. Ich hob den zu Boden geflatterten Papierbogen auf und sagte: »Darf ich?«

> *Liebe Miss Carne,*
> Seit Sie vor zwei Semestern in unser Institut eingetreten sind, hat das Komitee Ihre Arbeit mit größter Aufmerksamkeit verfolgt. Es ist zu dem Schluss gekommen, dass es sich nicht empfiehlt, Ihnen zur Fortsetzung Ihrer Ausbildung zu raten …

Es war einer jener schlimmen Momente, die Familien zuweilen erleben.

Meine Gedanken überstürzten sich, ich wusste nicht, wo anfangen und scheiterte schließlich wie üblich. Ich brachte nur heraus: »Soll ich hingehen und mit ihnen reden?« Wenn es um andere geht, bin ich sehr kämpferisch. Aber schließlich gingen Katrine und ich, wie üblich, zu Mutter und erzählten ihr die Geschichte und ich ließ die beiden allein. Mutter versteht sich aufs Trösten …

In meinem Zimmer tigerte ich bis spät in die Nacht hin und her, redete unaufhörlich auf das Komitee ein und brachte triftige, bissig formulierte Argumente vor. Es ginge ihnen nur ums Geld … wenn Katrines Leistungen derart zu wünschen ließen, wäre es ihre Pflicht gewesen, sie bereits nach dem ersten Semester diesbezüglich zu informieren … obwohl ich ihr Vorgehen keineswegs als manipulativ bezeichnen wollen würde, stellte sich mir doch die Frage, wie sie diese Behandlung meiner Schwester mit der fraglos feststehenden Tatsache, dass weitaus weniger geeignete Studenten des Institutes nicht nur weiterstudierten, sondern sogar gefördert wurden, zu vereinbaren gedächten? … Kochend vor Wut schritt ich leise murmelnd auf und ab. Ich schrieb alles auf, was mir durch den Kopf ging, das beruhigt mich immer.

Wie bedauernd, empört und mitfühlend Toddy reagieren würde, wenn er davon erfuhr! Aber Katrine war bestimmt einige Tage lang außerstande, ihm bei den Mahlzeiten davon zu erzählen …

Würde Mildred meine Schwester jetzt piesacken? Oder würde ihre freundliche Seite, die Brockley-Seite über niedere Regungen triumphieren? Ich hielt das für eher wahrscheinlich.

Vor der Fotografie, die Toddy beim Verlassen von Old Bailey zeigt, blieb ich stehen. »Oh Toddy«, sagte ich, »was für ein Schlamassel!« Anschließend brach ich in Tränen aus, und dann, so hassenswert das auch sein mag, überwältigte mich das Geschehene und ich fing an, die Lage zu dramatisieren und für *The Rattler* eine Geschichte daraus zu entwickeln; ununterbrochen weinend schrieb ich den Plot auf, ging um drei Uhr zu Bett und fand bis fünf Uhr morgens keinen Schlaf.

Am Morgen lag ein Brief neben meinem Teller und darin stand, dass mein Roman abgelehnt worden war.

6

Im Schulzimmer schrieb Agatha Martin einen Brief an ihre ältere Schwester in Cheltenham.

»Liebste Flossie,

ich habe seit einer Woche nichts von dir gehört, das macht sieben Tage ohne Brief von dir.

Ich kann dir nicht gar nicht sagen, obwohl du das selbst weißt, wie dringend man auf Post wartet, wenn man in einer neuen Familie arbeitet.

Insgesamt habe ich mich ganz gut eingewöhnt. Mrs. Carne scheint eine s. nette Frau zu sein, wenn auch etwas seltsam! Sie benimmt sich mir gegenüber jedenfalls s. nett, und die anderen auch. Die beiden ältesten Mädchen sind s. gut erzogen, alles in allem. Sie sind immer s. beschäftigt. Katrine (älteste) nimmt Schauspielunterricht, ich glaube aber, s. wahrscheinlich eher zum Zeitvertreib, obwohl sie s. hübsch ist, im Stil einer Brünetten, und ihren Text laut und deutlich spricht. Deirdre ist Journalistin, wie ich dir schon gesagt habe (?) und hat viel zu tun, und Mrs. Carne findet offenbar nichts dabei, wenn D. ganz allein zu s. merkwürdigen Orten geht. Sheil, die jüngste, mein kleines Mädchen, ist ein süßer Fratz, aber *s.* seltsam. Ab und zu sagt sie die eigenartigsten Dinge, aber meist verstehe ich, was sie meint und komme damit zurecht. (Kannst du dich noch an Kenneth Barlow erinnern, der mal gesagt hat ›König Heinrich starb an zu vielen Walen‹ und wie sehr wir darüber gelacht haben? Er meinte natürlich an zu vielen Aalen!!!) Sheil ist auf andere Art und Weise lustig; sie sagt manchmal so dumme Sachen über Dinge und Leute. Natürlich völlig harmlos, und ich bin davon überzeugt, dass ich ihr das abgewöhnen kann, aber man weiß nicht immer genau, wann sie weiß, dass sie sich was ›ausdenkt‹ oder wann sie wirklich glaubt, dass sie die Wahrheit sagt. Gestern hat sie mir zum Beispiel erzählt, Crellie (ihr Terrier) hätte mal gedacht, er sei der Papst und bei einer Prozession im Vatikan trug er seinen Papstmantel und gerade als der Gottesdienst anfing, wurde ihm auf der Treppe zum Altar schlecht.

Ich werde alles genau im Auge behalten. Der einzige Ausgangspunkt für die ganze Geschichte besteht darin, dass der Hund sich ständig erbricht, weil er im Hyde Park in den Serpentine-See springt und das Wasser schluckt.

Sogar die beiden älteren Schwestern reden ständig über Crellie, und stimmen manchmal ›*In Seculae Seculorum*‹ an, wenn sie ihn sehen oder rufen ›Magnifi-cat‹, sobald eine Katze auf der Gartenmauer entlangschleicht. Außerdem behaupten sie, Crellie spreche ein fürchterliches Cockney und bei den Mahlzeiten reden alle in *Beldam-Akzent* (Oh, verzeih mir, ich meinte natürlich *Bedlam*) über alles, was dieser Hund angeblich ›gesagt‹ hat.

Es ist einfach lächerlich und nicht lustig, wie bereits erwähnt. Ich weiß einen guten Witz s. zu schätzen, aber dieser Unsinn ist nur ermüdend. Seit einiger Zeit geht es – ausgerechnet – um Mr. Justice Toddington. Ich glaube, er war Richter in diesem Giftbonbonskandal vor drei Jahren. Sie sind völlig verrückt nach ihm und wenn sie über ihn reden, weiß ich nie, ob sie es ernst meinen oder nur herumphantasieren. Sie kennen den Richter persönlich, ich erwarte daher, ihn demnächst kennenzulernen. Er ist äußerst spendabel, so viel steht fest, und ich habe die Mädchen oft untereinander über die Weihnachts- und Geburtstagsgeschenke sprechen hören, die sie von ihm erhalten haben. Ich bin daher sehr gespannt auf den nächsten Geburtstag!

Meine Arbeit mit Sheil wird nicht ganz einfach sein; ich muss besonders darauf achten, irgendwie *normal* zu sein, damit sie erkennt, wie wunderbar auch das Alltägliche ist – im Unterschied zu Phantasiegeschichten, die niemals Wirklichkeit werden.

Wie geht es Vater? Und hat der Bouverie-Klub ein gutes Sommerprogramm zusammengestellt? Canon Stepney war im vergangenen Winter wirklich *ausgezeichnet* in ›Die sanfte Kunst des Lachens‹! Ich habe der *Morning Post* ein paar Zeilen aus seinem Vortrag über ›Das Rechaud‹ geschickt, bisher gab es noch keine Reaktion. Gestern kamen Neuigkeiten von Mabel. Mit der älteren Dame, für die sie arbeitet, geht es offenbar bergab, die Ärmste, und Mabel macht sich allmählich Sorgen um ihre

Zukunft. Violet schreibt, dass ihre Mädchen mit dem Hockey-Spielen angefangen haben und sehr talentiert sind, und dass ihre Schule in diesem Jahr ein Stück von Bradley aufführen wird.«

Miss Martin legte den Füller ab, streckte die Finger und ließ den Blick durch das Schulzimmer wandern. Mabel und Flossies Photographien standen auf dem Kaminsims, die von Violet auf einer mit Schnitzereien verzierten Konsole. Die Männer befanden sich in ihrem Schlafzimmer: Eine Aufnahme von Captain Martin (im Ruhestand) neben ihrem Bett und Mr. Francis auf dem Frisiertisch. Miss Martins Kinn bebte. Diese Photographien ... sie sah das Atelier vor sich, das sie aufgesucht hatten, als ihnen klar wurde, dass sich ihre Hausgemeinschaft auflösen würde. Sie wusste, dass ihr eigenes Porträt in jenen beiden Schlafzimmern stand, die sie nie betreten würde: in Bournemouth (Mabel) und in Hampshire (Violet). Nur die liebe Flossie sah sie gelegentlich, denn eine Tochter musste Vater um sich haben. Das war billiger als eine zweite Bedienstete. Ohne Flossie wäre er verloren. Sie kannte seine Gewohnheiten. Mit dem Bild von Mr. Francis hatte es etwas Besonders auf sich und unwillkürlich wanderten Miss Martins Gedanken zu ihm. Er hatte ihr nie einen Heiratsantrag gemacht (das taten Männer irgendwie nicht), aber es hatte ein gewisses gegenseitiges Verständnis, oder vielleicht eher eine gegenseitige Wertschätzung gegeben, und, jedenfalls auf einer Seite, leidenschaftliche Bewunderung. Aber natürlich, die mageren Einkünfte eines jungen Vikars ... und die kleine Pension des Vaters ...

Mr. Francis entsprach so gar nicht dem gängigen Klischee des humorlosen Vikars und war immer zu einem Scherz aufgelegt. (»Ist das jetzt nur Unsinn oder schon Quatsch?!«)

Aus den Schlafzimmern ein Stockwerk tiefer vernahm sie Stimmen.

DEIRDRE: »Was Toddy wohl gerade macht?«

MRS. CARNE: »Der schläft. Es ist schon spät. Schnell ins Bett mir dir, mein Lämmchen.«

DEIRDRE: »Eine elfenbeinfarbene Hand ans schmale Gesicht gelegt.« (Geräusch des Zähneputzens)

KATRINE: »Was trägt er eigentlich für Pyjamas?«

MRS. CARNE: »Blau und weiß, von Swan & Edgar.«

DEIRDRE: »Darling! Kannst du dir etwa vorstellen, dass Toddy *dort* einkauft?

MRS. CARNE: »Ich nehme an, er kauft immer gleich ein halbes Dutzend in diesem Laden in der St. James Street, wo er auch im letzten Sommer den Morgenmantel erstanden hat, der etwas zu lang für ihn ist und er sich so geärgert hat, als wir ihm anboten, ihn zu kürzen.«

Miss Martin seufzte.

7

Drei Tage nachdem Katrine den Absagebrief der Schauspielschule erhalten hatte, sollten wir nach Yorkshire aufbrechen. Es war vorgesehen, dass Miss Martin zwei Wochen in Cheltenham blieb und anschließend zu uns stieß. Wir hatten ihr von Katrine und der Absage erzählt; wozu ein Geheimnis daraus machen? Ich war ehrlich froh, dass wenigstens die Martin glücklich sein würde und suchte daher, ungeachtet der möglichen Folgen, ihre Gesellschaft. Aber dann ist diese Person, in die Enge getrieben, einfach nicht da. Aber ich verstehe schon! Und wie ich das verstehe!

Ich ging ins Schulzimmer und versuchte der gedämpften, trüben Stimmung zu entwischen, aber es gelang mir nicht. Sie ist einfach überall.

Toddington befindet sich immer noch auf Reise in den Gerichtsbezirken und ich frage mich, welche Pläne seine Frau hat? Zur Zeit ist er in Bristol tätig und vor unserer Abreise werden wir ihn nicht mehr sehen; anschließend tritt er einen zehn Wochen langen Urlaub an, bevor im Oktober die Gerichtssitzungen beginnen. Mutter sagt, er wird uns vermutlich häufig in Yorkshire anrufen, ebenso wie er uns in Amerika anrufen würde. Er hat eine beinahe weibliche Ader, weil er so verständnisvoll ist, aber das haben alle netten Männer, ebenso wie in den besten Frauen ein Schuss Männlichkeit steckt. Ich hoffe, das trifft auch auf Mildred zu, habe aber das Gefühl, dass wir sie im Grund nicht wirklich kennen, obwohl wir uns etwas näher gekommen sind, seit sie die Schuhe abgestreift und »eigentlich« gesagt hat.

Am Tag vor unserer Abreise saßen Katrine und ich in der Bibliothek und ich überlegte, ob ich bei der Wahl des Gesprächsthemas noch aufpassen musste oder nicht, denn seit zwei Tagen trägt Katrine eine ostentativ gut gelaunte Miene zur Schau, was Miss Martin mir gegenüber zu der Bemerkung veranlasste, wie wunderbar gefasst sie die Sache aufnehme …

Unsere Blicke kreuzten sich.

»Verflixt noch mal, Katrine, nicht alles steht und fällt mit dieser Schauspielschule. Es war ja spaßig, aber im Grunde doch bloß Zeitverschwendung. Wer schnell ans Ziel kommen will, nimmt die Abkürzung.«

»Und die wäre?«

»Na, die Bühne, Dummerchen!«

»Ta-daa!«

»Wenn du es ernst meinst, geh einfach hin und such dir Arbeit. Du wärst nicht die Erste.«

»Bitte erspar mir dieses Gesülze von wegen ›Geld verdienen und gleichzeitig lernen‹.«

»Aber das wäre doch ein Riesenjux, K. Du würdest das gesamte Gruselkabinett kennenlernen, denk nur an den aufgeblasenen jüdischen Theaterdirektor, dessen Hut zwei Nummern zu klein ist und der nach dem Vorsingen zu dir sagt, ›Sie werden in einigen Tagen von uns hören!‹ Das sagen sie alle. Es bedeutet, dass du den Job nicht bekommst und er dir nicht schreibt«, sagte ich eindringlich. Katrines Miene hellte sich auf.

»Ich kann dir nicht garantieren, dass du viel geküsst wirst«, räumte ich ein. »Und höchstwahrscheinlich gibt es auch kein ›unverschämtes‹ Angebot in Form einer Wohnung und Diamanten, denn die Konkurrenz ist groß und solche Angebote sind rar. Es gibt Warteschlangen für derartige Unverschämtheiten, und sowieso zieht es vor allem Töchter aus gutem Haus auf die Bühne. Sie kommen aus South Kensington und benehmen sich wie Nonnen. Die anderen Schauspieler nennen dich dann Kleines oder Schätzchen und einmal habe ich gehört, wie ein Direktor zu seiner Truppe sagte, sie sollten ›mit Elang‹ tanzen.«

»Ha!«

»Ich weiß. Die Sprache ist manchmal natürlich schlimm, aber meist ist es ein ziemlich altmodisches Englisch. Und sogar Königin Mary hat ja angeblich ›Verflucht noch mal!‹ gerufen, als Courtenay sie wegen Elizabeth sitzenließ. Man muss sich nur daran gewöhnen. Ich weiß noch, wie entsetzt ich war, als ich zum ersten Mal ein Mädchen sagen hörte ›verdammt‹, so nach dem Motto ›Was ist nur aus der Jugend geworden‹, aber inzwischen sagen wir es selbst ständig.«

Katrine hatte sich gefasst und ich spielte meine letzte Karte aus. »Bleib jung im Herzen, liebes Kind und – wer weiß? – vielleicht erleuchtet dein Lämpchen einmal den Dornigen Pfad eines anderen.«

Begeistert nahm Katrine das Stichwort auf und erteilte sich selbst gute Ratschläge. »Immer lächeln! Auch die dunklen Wolken ziehen weiter. Und lehne unehrenhafte Gebote stets mit der gebotenen Höflichkeit ab, Pansy. Höflich sein kostet nichts.«

Ich wusste, ihre Hochstimmung würde rasch verfliegen und verzog mich schleunigst ins Schulzimmer, wobei ich geöffnete Schlafzimmertüren mied, falls jemand mich rief und etwa auf die Idee kam, dass ich Adressschilder für Koffer schreiben oder Koffergurte festziehen könnte, Tätigkeiten, die jede Frau verabscheut. Selbst einem gelungenen Urlaub sollten niemals ärgerliche und anstrengende lästige Pflichten vorausgehen. Man sollte einfach aus dem Haus spazieren, sich ins Auto setzen und lässig zum nächsten Bahnhof gefahren werden. Bei der Ankunft hätte ein Zimmermädchen bereits alles ausgepackt. So ist das jedenfalls bei den Toddingtons. Der Ferienbeginn Ende Juli ist der Prüfstein für das Ansehen einer Familie, und unsere Abfahrt macht wenig Eindruck, vielleicht weil wir zu fünft und allesamt Frauen sind. Früher war Vater mit dabei, aber seinerzeit wohnten wir in einem fürchterlichen Haus in Hampton Wick, und als ich noch klein und Sheil ein Baby war, hatten wir immer ein Kindermädchen mit dabei und eine kleine Badewanne auf dem Dach des Wagens, wenn wir ans Meer fuhren, und deswegen wäre um ein Haar kein Platz mehr für Vater gewesen.

Selbstverständlich haben wir zwei Bedienstete, aber die sind arbeitsscheu und haben es entweder in den Beinen oder ein schwaches Herz auf das Rücksicht genommen werden muss; ich wünsche mir oft, wir hätten auch so ein treues Faktotum wie Grania, die treue Köchin der Toddingtons, oder ihr Dienstmädchen, die unnahbare, aber tüchtige Henderson. Aber natürlich ist Toddy sehr bedeutend und seine Reisen entsprechend standesgemäß, und gerade, dass er sich uns gegenüber so liebenswert benimmt, unterstreicht das noch.

Ich setzte mich auf Sheils Stuhl und betrachtete das Bild »Reife Kirschen«, eine Zeitungsbeilage, an der Wand und murmelte unablässig: »Ach, Toddy, ich wünschte, du wärst mein Vater!«

Der Posten ist schließlich unbesetzt, und es wäre doch einfach ungeheuerlich, wenn das so bliebe. Manchmal bin ich mir so gut wie sicher, dass es Toddy ebenfalls gefallen würde. Ich fürchte, er ist enttäuscht, weil er keine Kinder hat, und die Rätselfrage, ob Mildred vielleicht »nicht wollte« beschäftigt mich. Einmal wachte ich mitten in der Nacht auf und war Toddys wegen enttäuscht.

Dieses Jahr verbringt er wieder einen Teil der Ferien in Sandwich und wird den Herbst wahrscheinlich mit einer Reihe von Einladungen in Schottland beenden.

Ich kann nur hoffen, dass sein Hotel in Bristol komfortabel ist und er ein eigenes Wohnzimmer hat. Im vergangenen Jahr war er in einem südwestlichen Gerichtsbezirk unterwegs und musste in Devonshire Gericht halten, eine unserer Meinung nach unzumutbare Strapaze für einen so liebenswerten älteren Herrn; wir finden, er sollte nur am Obersten Gericht in London tätig sein. Alles andere ist reine Talentverschwendung, als würde man einen Star der Londoner Bühne auf Tournee durch die Provinz schicken.

... Vielleicht könnte er ja unser Vormund werden? Ich wäre liebend gern ein Mündel, und für Toddy wäre das mit keinem besonderen Aufwand verbunden. Ich vermute allerdings, dass Mildred Lunte riechen könnte. Meiner Überzeugung nach weiß sie Tobby nicht zu schätzen; sie ist zu klug, eine dieser großen, gut gepolsterten Frauen, die ständig Bridge spielen und bei Harrods einkaufen gehen (das ist definitiv ein bestimmter Typus). Die beiden haben sich im Lauf der Zeit einander entfremdet. Manchmal macht sie schlaue, verletzende und grässliche Bemerkungen, woraufhin sich Toddy in sein Arbeitszimmer zurückzieht, leidet und Henderson ihm dort den Tee serviert.

Sein Arbeitszimmer sieht genau richtig aus: Man kann arbeiten und zugleich glücklich sein. Der Kamin lässt sich mit Kohle und Gas heizen, wenn Toddy etwas feucht vom Sommerregen nach Hause kommt, und es gibt riesige, ziemlich hässliche Stühle, in denen man wunderbar dösen kann, eine hauptsächlich mit Fachliteratur bestückte Bücherwand und unter seinem Schreibtisch steht ein pelzgefütterter Fußsack. Fairerweise muss man einräumen, dass Mildred sich um sein Wohlbefinden kümmert.

Ich frage mich, was Toddy wohl gerade in Bristol macht? Gelegentlich berichten die Zeitungen, wie er Anwälte und Zeugen mit spitzen Bemerkungen abkanzelt, und wir können ihn regelrecht »hören«, denn in London ist er genauso und ich verlasse seinen Gerichtssaal selten, ohne einen Leckerbissen für meine Familie im Gepäck zu haben. Dabei scherzt er nicht aus Effekthascherei, wie es der alte Horatio Sparrow zu tun pflegte; meist ist er schweigsam und grimmig, aber dann setzt er plötzlich den Zwicker ab und macht eine seiner – immer angemessenen – trockenen Anmerkungen oder brüskiert jemanden und ich muss jedes Mal grinsen. Einmal brach während einer Verhandlung ein Gewitter aus, und er blickte zum Glasdach hoch und sagte: »Ich wünschte, sie würden mit diesem Lärm aufhören.« Als alle lachten, erstarrte sein Gesicht und anschließend brachte er den selbstsicheren Anwalt so gründlich aus der Fassung, bis dieser nichts mehr zu sagen wusste und dann musterte Toddy ihn über den Rand seiner Brille hinweg und vertiefte sich, ganz bewusst, in seine Notizen. Wir alle würden für unser Leben gern einen Blick in sein Notizbuch werfen. Sheil sagt, ihrer Meinung nach zeichnet er Drachen und malt sie später, zusammen mit Nicholls, mit Kreide aus, und Katrine hat sogar einmal dreist behauptet, er würde aufschreiben, welche seiner Sachen in die Wäsche müssen.

Als Sheil hereinkam, sagte ich: »Sollen wir Toddys Mündel werden?«

»Oh *ja!*« rief Sheil begeistert. »Heißt das, wir müssen uns fein anziehen?«

»Leider nein.«

»Dann lassen wir's. Deiry, wir haben heute eine Ente auf dem See im Park gesehen, sie hatte genau dasselbe Gesicht wie Mildred – irgendwie klug, hilfsbereit und ein bisschen dumm.«

Ich warf einen Blick auf Miss Martin, deren Gesicht seit Tagen eine unbestimmte, glückliche Leere zeigte. Geistig war sie bereits unterwegs nach Cheltenham, aber ich blickte sie für alle Fälle noch einmal streng an.

»Na, mein Schatz, bitte keine verdrehten Geschichten. Gleich erzählst du uns noch, dass die Blumen mit dir gesprochen haben.«

Das taktlose kleine Geschöpf quittierte meine Bemerkung mit brüllendem Gelächter.

Und dann war es Zeit zum Mittagessen, eine dieser unentschuldbaren Restemahlzeiten, die Bedienstete immer dann auftischen – falls sie es überhaupt wagen –, wenn im Haushalt alles drunter und drüber geht. Ich war völlig verzweifelt. Mutter verbringt die erste Urlaubswoche unweigerlich damit, sich von der Packerei zu erholen und sah bereits furchtbar angeschlagen und bleich aus; alles wirkte insgesamt so niederschmetternd, dass ich ihr schließlich, entgegen meiner Vorsätze, von der Absage des Verlegers erzählte. Ich hatte die Sache für mich behalten wollen … denn ich bin irgendwie viel mehr als Katrine dafür verantwortlich, alles Unangenehme von meiner Mutter fernzuhalten … aber jeder stößt einmal an seine Grenzen. Bei anderen bin ich da nachsichtig, mir selbst verzeihe ich das jedoch nie. »Mutter, der Verlag hat das Buch abgelehnt«, sagte ich und Mutter ließ das Kleiderbündel in ihren Händen fallen und streckte die Arme aus.

Könnte ich doch so rasch in Tränen ausbrechen wie manche Mitmenschen ... schließlich bin ich doch eine Frau ... Aber vor anderen kann ich einfach nicht weinen, mag es auch noch so heilsam sein.

Nach einer Weile löste Mutter ihre Wange von meiner und sagte: »Toddy ist aus Bristol angereist! Er bleibt anderthalb Tage hier. Ist er nicht ein Schatz?«

Ich schnappte nach Luft. »Oh, Toddy ist eine wahre Perle!« Er hatte sich offensichtlich an unserem Bediensteten – und dessen ungehörigen Bedenken – vorbeigeschlichen und war allein die Treppe hinaufgestiegen. Er sagte, er könne bis Sonntagabend bleiben und Mitchell würde ihn zurück nach Bristol fahren und er hätte Henderson angewiesen, sein Zimmer vorzubereiten. Er nahm meine Hand und sagte: »Liebe Miss Deirdre, das ist ein schwerer Schlag. Glauben Sie mir, ich kann vollkommen nachempfinden, wie Ihnen zu Mute ist.«

»Dann hast du ihm davon geschrieben?« fragte Mutter und ich nickte. »Oh ja.« Ich wollte wissen, ob er seiner Frau davon erzählt habe, und er druckste herum, nahm den Zwicker ab und sagte schließlich Nein. Dann fiel sein Blick auf die Hemdhöschen auf dem Bett. »Was sind das für Gegenstände?«, fragte er meine Mutter und sie sagte: »Fragen Sie lieber nicht, Toddy, ich könnte Ihnen die Wahrheit sagen«, und Toddy sagte: »Hm, hm! Obszön!« Dann sagte meine Mutter, er solle jetzt »rasch nach Hause laufen und zum Abendessen zurückkommen« und daraufhin hielt er ihr einen kurzen Vortrag über das Verb laufen und dessen richtigen Gebrauch und erklärte, falls erwünscht würde er jetzt nach Hause *gehen*. Und wir sagten, er solle nicht gleich böse werden, woraufhin er uns beiden einen Kuss gab und versprach, um halb Acht bei uns »aufzuwarten«.

An diesem Abend ging ich seltsam getröstet zu Bett.

8

Mutter hat seit jeher eine Schwäche für Moorlandschaften, je wilder, windumtoster und (aus meiner Sicht) morbider, desto besser.

Solche Landschaften eignen sich nur für sehr glückliche Menschen, andernfalls wirken sie beklemmend und üben mit den vernarbten Felsen, dem rostroten Heidekraut und dem brausenden Wind eine ungerechtfertigte Macht über einen aus.

Das Dorf, in dem wir die Ferien verbrachten, lag acht Kilometer von Keighley entfernt und wie ich befürchtet hatte, war von Anfang an der Wurm drin. Ich glaube, Katrine hat es auch geahnt.

Das Heidekraut wuchs bis an den weitläufigen Garten unseres Gasthauses und die allgemeine Stimmung lässt sich nur als eine Art ständiger Belagerungszustand beschreiben. Die Dorfbewohner schienen das tief in ihrem Inneren ebenfalls zu spüren und schützten sich mit jener Sturheit, die die Grundlage ihrer weithin berüchtigten Gastfreundschaft bildet. Es ist eine Geste des Trotzes gegenüber dem Unbekannten, man kauert nieder und wartet ab. So wie das Vieh sich zusammendrängt, wenn es stürmt.

Sheil und ich teilten uns ein Zimmer mit schiefem Boden. Der Wind umtoste es so laut, dass an Schlaf nicht zu denken war, bis man sich endlich daran gewöhnt hatte; gelegentlich trat unversehens eine Flaute ein, wie eine mitten im schrillsten Wutgeheul abbrechende Stimme, und dann dröhnte einem die Stille in den Ohren. Eine kraftlose, fahle Sonne, die keinerlei Wärme spendete, tauchte das Moor in Licht.

Katrine und ich unternahmen lange Spaziergänge. Manchmal brüllten wir einander etwas zu, aber der Wind verwehte die Sätze wie Luftschlangen über unsere Schultern. In der Ferne sahen wir gelegentlich Mutter, die in heiterer Gelassenheit im Garten saß und alles in vollen Zügen genoss und in Besitz nahm.

»Komm, machen wir unseren Lieblingsspaziergang«, sagte ich mit bitterem Sarkasmus zu Katrine; er führte uns in ein ungefähr vier Kilometer entferntes Dorf, wo es eine winzige Leihbücherei im hinteren Teil des Dorfladens gab.

Acht Kilometer für ein Buch! Wir liehen so viele Bücher aus, wie wir schleppen konnten, aber es war Schwerstarbeit und ich dachte, bei diesem Tempo haben wir den Bestand durch, bevor unser Urlaub zu Ende ist. Immerhin erhielt ich auf diese Weise unerwartete Einblicke in die Werke einer Mrs. Henry Wood und einer Miss Braddon.

Der Urlaubsort war ungeheuer vitalisierend, seltsam war nur, dass man nicht spürte, wie gut es einem tat. Man fühlte sich lediglich zerschlagen oder war bis auf die Knochen durchnässt von dem Dauernieselregen, der tagtäglich niederging. Katrine sah schlecht aus – man sieht es uns immer an, wenn wir Probleme haben –, und Sheil fing sich gleich in der ersten Woche eine schlimme Erkältung ein, die sie anders als sonst nicht in kürzester Zeit wieder loswurde. Crellie genoss jeden Augenblick und streunte auf der Suche nach rohem Fleisch herum. Er hatte offenbar einen treuen Gefährten gefunden, einen großen, struppigen Hund. Sheil hatte die beiden miteinander herumtollen sehen. Crellies Freund war ungestüm und knurrte viel, und selbst das schönste Spiel der beiden drohte ständig in einen bissigen Kampf überzugehen und endete häufig in einem solchen. Manchmal hörten wir sie aus der Ferne kläffen, wenn wir im Salon des Gasthauses zu Abend aßen; wir fragten die Wirtin, ob das ihr Hund sei und sie erwiderte, sie habe keinen Hund und »Curlys« neuer Freund würde wahrscheinlich zu einer der Hütten der Bergleute gehören. Die Hütten kannte ich. Dort hängt der Nebel bis zum Mittag über den Dächern, wenn der Himmel sich überall sonst längst aufgeklart hat.

In der schwachen, heuchlerischen Hoffnung, ich würde die Energie aufbringen, das Manuskript einem anderen Verlag anzubieten, hatte ich meinen Roman mitgenommen. Ich ließ ihn aufgeschlagen liegen, damit ich jederzeit irgendeine Seite darin lesen und über Verbesserungen nachdenken konnte. Meine Mutter ging früh zu Bett, auf gesunde Art müde, aber Katrine und ich blieben noch lange im Salon und lasen oder diskutierten über unsere Zukunft, bis die Lampe erlosch.

»Ist das nicht einfach die Hölle?«, murmelte Katrine allabendlich. »Du hast deine Schriftstellerei ...«

»... bin aber unfähig. Und hier kann man überhaupt nichts machen, außer die Faust ballen. Die Leute finde ich einfach deprimierend.«

»Dieser rothaarige Junge hatte gestern Abend wieder furchtbar einen sitzen.«

»Welchen meinst du?« fragte ich.

»Er kommt in die Bar. Ich kann ihn über die Vorhänge an unserer Tür hinweg sehen. Er wirkt recht unscheinbar und blass, spricht viel und macht eigentlich einen ganz interessanten Eindruck. Er erzählt immer Geschichten, obwohl ihm niemand zuhört, vielleicht sind sie ja nicht schlecht. Wenn es jemandem je gelingen sollte, diese Dumpfbacken hier mit einer Geschichte zu unterhalten, weiß ich, dass sie nicht gut sein kann«, schloss Katrine giftig.

Aus dem Stockwerk über uns war ein Geräusch zu hören. »Sheil hustet wieder, die arme Kröte«, sagte sie. Wir verließen den Salon und gingen zu Bett. Sheil schlief, ich zündete eine Kerze an, überflog mein Manuskript und blätterte Seiten um.

Verleger nehmen sich zu viele Freiheiten heraus. Meinetwegen können sie das Manuskript zurückschicken, aber bitte ohne Bleistiftanmerkungen. Es waren zwar nicht viele, aber das änderte nichts am Prinzip.

»Völlig wertlos«

»An dieser Stelle etwas wirr.«

»Ihre Absichten sind gewiss die besten, aber wir alle empfinden die inhärente Wertlosigkeit dessen, was Sie hier beschreiben.«

Und:

»Ihr Franzose ist fraglos eine lächerliche Figur. *D'ailleurs* grammatikalisch unkorrekt im Satz. *Die Autorin selbst nimmt hier die Perspektive des Franzosen ein* und muss die Verbindung zu seiner Muttersprache verdeutlichen.« Es machte mir zu schaffen und verärgerte mich, dass mein Buch gelesen und belächelt worden war ... Ich war so zufrieden und glücklich gewesen, als ich es geschrieben hatte.

»*Wir* alle haben den Eindruck ...«

Mit *Wir alle* waren vermutlich der Verleger, seine Sekretärin und der Botenjunge gemeint. Irgendetwas an diesen Anmerkungen verstand ich nicht, und dann fiel es mir wie Schuppen vor die Augen.

Natürlich! Sie hatten einen gewissen oberlehrerhaften Beigeschmack, klangen wie die Beurteilungen am Ende des Schuljahres, die ich aus meiner eigenen Schulzeit nur allzu gut kannte.

Die Zeitungen kamen erst am Mittag und wurden mit dem Brot, aus Keighley zu uns geschickt. Wir lasen die *Mail* und die *Post* und als Katrine sie am darauffolgenden Tag zu Mutter brachte und wir gemeinsam die *Mail* durchblätterten, sah Mutter plötzlich auf. »Dion Saffyn ist gestorben«, stieß sie hervor.

»Oh nein, nein!«, rief ich und fügte absurderweise hinzu: »Der *echte* Dion Saffyn?«

»Ich fürchte, ja.«

Die Nachricht stand in beiden Zeitungen. Die Mail widmete ihm einen Absatz (bekannter Entertainer ... Konzertveranstaltungen in Arcaly ... populärer Künstler ...).

»Woran denn?« fragte Katrine und sah blass aus. Ich übrigens auch, glaube ich.

»›Herzversagen nach einer Grippeerkrankung.‹ Wir dürfen Sheil nichts sagen, sie mochte ihn so gern.«

»Und Pauline und Ennis …«

»Ach ja, schrecklich … der arme alte Saffy. Immerhin hatte er ein langes und erfülltes Leben.«

Katrine und ich standen auf und gingen hinaus.

Wir wechselten kaum ein Wort, während wir voranstapften. Es gab nichts und gleichzeitig zu viel zu sagen. Schließlich blieb Katrine stehen, drehte sich auf dem Schafspfad um, den wir im Gänsemarsch entlangmarschierten, und sah mich an.

»Es ist … komisch, dass wir nicht mal das Recht haben … ihm Blumen zu schicken«, sagte sie.

»Oder seine Töchter anzurufen.«

Damit war ein Teil unseres Lebens vorbei. Wir wussten beide, dass Saffy vielleicht, aber vielleicht auch nicht, zu uns zurückkommen würde. Möglicherweise blieb ihm einfach nichts anderes übrig, um Sheils willen.

»Wie viele Jahre sind es jetzt?«

Ich hielt inne und rechnete nach.

»Über zehn.«

Dann kam mir plötzlich ein außerordentlicher Gedanke.

»Sheil hat ihn nie gesehen. Sie kennt nur Fotografien von ihm.«

Zwei Wochen später stieß Miss Martin zu uns. Sie wirkte auf ihre gemäßigte Art beunruhigt und unser unwirtlicher Urlaubsort, den sie als »wild« bezeichnete, half ihr natürlich nicht darüber hinweg. Ihre Schadensbegutachtung lautete »ausgesprochen sonderbar« und je länger sie von Cheltenham entfernt war, desto unglücklicher wurde sie. Sie schloss sich unseren Wanderungen an und kraxelte geschickt in ihren gepflegten Schuhen und den zierlichen Knöcheln, aber im Grunde war ihr ein gemütlicher Spaziergang auf der Straße vor dem Gasthaus lieber, wo sie, mit der dick eingepackten Sheil, die an ihrer Seite hustete und schniefte, auf und ab ging.

Nach dem Abendessen schlug Katrine vor, eine Séance abzuhalten. Ich weiß, sie sagte das, weil sie diesen Ort und unsere erzwungene Untätigkeit hier verachtete, weil es nur einmal am Tag Post gab und weder Bad noch Telefon noch eine heiße Quelle und keine Sonntagszeitung. Für uns alle ist Tischerücken das Küchenmädchen in der Welt des Übernatürlichen. Wir empfinden es als zu leicht, zu anbiedernd und es erzählt weit hergeholte, plumpe Lügen. Es ist so, als würde man ein Banjo zupfen, obwohl man eigentlich fähig ist, die Bratsche zu spielen.

Mutter, immer leicht verlegen was Miss Martin betraf, erkundigte sich, ob sie schon jemals Tische gerückt habe. Und Miss Martin blickte zögernd und aufgeräumt drein, offensichtlich im Zwiespalt, was ihre Pflichten gegenüber ihrem Schöpfer und ihrer Arbeitgeberin betraf, und in der unlogischen Überzeugung, dass die ganze Sache »gewaltiger« Unsinn sei. Beinahe hätte ich es an ihrer Stelle ausgesprochen. Unweigerlich trugen der Unsinn und die Arbeitgeberin den Sieg davon und wir ließen uns im Kreis nieder.

»Agatha.«

»Huch, das bin ja ich«, quiekte Miss Martin.

»Die Hände nicht vom Tisch nehmen, Miss Martin. Es will Ihnen eine Frage stellen.«

»Ohh … du liebe Zeit«, plapperte Miss Martin nervös und kicherte. »Wa- was willst du?«

»Wo warst du?«

»In Cha- Cheltenham.«

Und dann, so aufreizend inkonsequent wie immer, klopfte der Tisch »rotes Haar«.

»Oh nein, nein. Meines ist braun.« Katrine versetze mir einen Tritt unter dem Tisch und ich sagte: »Sie müssen es färben, Miss Martin«, und Mutter zischte »Schsch.«

»Crellie und Keeper. Nicht erfreut.«

»Crellie und – wer ist denn Keeper? O Gott! Hoffentlich hat Crellie kein Tier gerissen«, sagte Katrine.

»Crellie hat Keeper gebissen.«

»Bestimmt nicht, oder etwa doch, Dickerchen?«, protestierte ich und tätschelte den Bauch des schlafenden Crellie. Dann, mit einem Mal:

»Sheil.«

»Sie kann nicht kommen, sie liegt im Bett«, erklärte Mutter.

»Geht zurück.«

»Wohin?«

»Geht zurück.«

»Ich bitte um eine Erklärung«, sagte Mutter mit der sachlichen Höflichkeit, die sie bei Dienstboten und Geistern an den Tag legt.

»Erinnere dich an Maria.«

»Welche Maria?«

»Erinnere dich an Maria. Erinnere dich an Elizabeth.«

»Spricht da ›Maria‹ oder ›Elizabeth‹?«

Pause. »Nein.«

»Und denk an Anne.«

»Ach du liebe Zeit! ... Alle englischen Königinnen!«, rief Miss Martin aufgeregt. »Wo ist ›Anne‹?«

»Nicht hier. Man könnte sagen tot. Nicht hier. Weiter weg. Meer.«

»Welches Meer?«, fragte ich, denn Miss Martin war, wie Doktor Watson, leicht gekränkt über diesen Mangel an Vertrauen in ihren Scharfsinn.

Pause. »Norden.«

»›Anne tot in der Nordsee‹«, kommentierte ich.

»Nicht in. An.«

»Das geht ja ziemlich langsam«, maulte Katrine. Aber da ruckelte der Tisch von Neuem.

»Wir werden kommen.«

»Ihr wollt alle kommen?«, fragte Mutter und lächelte.

»Die beiden, die vor uns kamen.«

»Das bezieht sich auf Königin Maria und Königin Elizabeth«, sagte Miss Martin. »Anne lebte viel später.«

»Keine Königinnen. C-H-A-R-L-O-T-T-E und A-N-N-E.«

»Wann wollt ihr kommen?« fragte Mutter hastig.

»Noch nicht. Noch nicht frei. Werden wir euch sehen?«

Und dann, als wir keine Antwort gaben:

»K versprich es.«

Katrine gähnte. »Na gut.«

»D versprich es.«

»Einverstanden«, sagte ich.

»R versprich es.«

Aber Mutter ist ein alter Hase und lässt sich nicht so leicht überlisten. Ich bemerkte, dass sie für eine Sekunde die Hand vom Tisch nahm und das Kreuzeszeichen schlug.

Falls man von einem Tisch behaupten kann, dass er seine Verachtung durch Geräusche bezeugt, würde ich dieses Wort für das Verhalten unseres Tisches wählen. Als Mutter das Zeichen machte, ertönte plötzlich das laute Klopfen herrischer Fingerknöchel.

»Anglikanisch. Keine Päpstlerei.«

Mutter lächelte vor sich hin, und Miss Martin machte ein empörtes Gesicht. Wir brachten den prasselnden Hagel von Klopfgeräuschen mit Versprechen zum Schweigen, der Tisch ruckelte in eine Ecke und wir schoben unsere Stühle mit ihm.

»Sheil – muss – zurück – rechtzeitig.«

Danach gab der Tisch kein Wort mehr von sich.

Miss Martin befand, dass alles außerordentlich seltsam gewesen sei.

Während ich im Schlafzimmer auf und abging, regte sich Sheil im Schlaf und hustete leise krächzend.

Für einen Augenblick blieb ich mitten im Zimmer stehen, dann zog ich den Morgenmantel über und öffnete die Tür. Mutters Zimmer lag am Ende des Flurs.

Sie trat heraus und kam auf mich zu.

»Nun ... was hältst du davon?«

»Ich bin ganz deiner Meinung«, sagte ich.

»Ich glaube ja nicht, dass sie ernstlich krank ist, aber andererseits ...«

»Ich weiß.«

Am nächsten Tag reisten wir ab.

Wegen unseres überstürzten Aufbruchs konnten Katrine und ich zur Beerdigung von Dion Saffyn gehen. Wir versteckten uns in der letzten Reihe und als diejenigen, die ein Anrecht darauf hatten, ihre Kränze abgelegt hatten und weggefahren waren, gingen wir zum Sarg und legten unsere Blumen dazu.

In der Kirche hatte ich niemanden wiedererkannt, aber Katrine zupfte mich am Ärmel und flüsterte: »Das ist Pauline – das blonde Mädchen in der ersten Reihe. Sie hat sich leicht verändert, aber das ist sie zweifellos. Ich kann mich genau an ihr Gesicht erinnern ... « Als wir den Friedhof verließen, sagte ich. »K, ich hoffe, du wünschst dir keine Hymnen bei deiner Beerdigung. Da fühlt man sich so ...«

»Nicht unbedingt! Tut, was euch gefällt, wenn ich als erste ins Gras beißen sollte. Einige dieser deutschen Nell-Gwnnye-Tänze fände ich nicht schlecht.«

»Warum darf man eigentlich kein Potpourri der Lieblingsmusikstücke spielen? Das hat doch schließlich mehr mit ›uns‹ zu tun als *The Day Thou Gavest* oder irgend so was?«

»Finde ich auch. Ich mag die unterschiedlichsten Sachen: *Gathering Peascods* und *Vanity of Vanities* oder *I'm One of the Ruins Cromwell Knocked About a Bit.* Sind die Leute nicht einfach unglaublich? Was machen wir jetzt?«

»Wie steht's mit Kino? Das wäre die Rosskur.«

»Nein, ausgeschlossen, das schaff ich nicht.«

»Tee?«

»Ich krieg nichts runter.«

»Sind wir gerade alleine besser dran?«

»Genau.«

Ich lief und lief, verwirrt über die neuesten Entwicklungen und die Tatsache, dass ich mich mitten im August in London befand. Der Anblick der Stadt hatte etwas Anstößiges, als sähe man die eigene Großmutter in Unterwäsche. Natürlich weiß man, dass sie welche trägt, aber es ist trotzdem ein Schock. London im August gehört zu den Sehenswürdigkeiten, die einem stets vorenthalten werden, wie große Operationen, aber dennoch habe ich immer vermutet, ich könnte die Stadt zu verbotenen Zeiten durchaus lieben. Unter dem Joch der Verabredungen und Uhrzeiten entgeht einem so vieles. Wie viele Londoner haben gesehen, wie das Gemüse in Covent Garden ausgeladen wird? Wie viele haben den Tagesanbruch in Kensington Gardens miterlebt oder in Greenwich gefrühstückt und sind dann mit dem Dampfer zurückgefahren? Und wenn wir schon über das Thema reden, wie viele von uns sind im Oktober auf dem

Land unterwegs gewesen, wenn die nassen Äpfel nachts sanft auf den Boden plumpsen? Pauline und Ennis, die Ärmsten. Was für ein Ende! Was werden die beiden jetzt tun? Saffy hatte tatsächlich ein Büro in London und wenn ich am Leicester Square bin, werde ich dort vorbeigehen und hineinspähen.

Sheil geht es zwar schon besser, aber sie und Mutter müssen noch einmal wegfahren, damit sie sich richtig erholt. Durch Saffys Tod hat Pauline ihre Arbeit verloren, hatte ich zu Mutter gesagt, doch später fiel mir ein, dass sie wahrscheinlich nie für ihn gearbeitet hat … und vielleicht sogar verheiratet ist …

Nun ja, es gibt immer was zu tun.

9

Ich kam aus den Kensington Gardens zurück und der nasse Crellie, voll Teichwasser und Kleinstlebewesen, schüttelte sich gut gelaunt und trottete voran. Der Herbst mit seinen typischen Ausdünstungen ist meine Lieblingsjahreszeit. Bald würden die Tage so kurz sein, dass wir im Schulzimmer zum Tee das Licht anmachen mussten. Dieser Oktober war goldrichtig: Warm wie ein Juniabend und eine einzige gedämpfte Farbpracht.

Als ich zu Hause eintraf, beugte sich Mutter über das Treppengeländer und sagte: »Mr. Binton hat angerufen, du möchtest dich bei ihm melden.«

Das bedeutete wahrscheinlich neunhundert Wörter zum Thema »Sollten Witwen wieder heiraten?« (»Haben Sie den Artikel heute Morgen im *Express* gesehen, Miss Carne? Auf Seite sieben, in der fünften Kolumne ist da ein Absatz. Ich lese es Ihnen schnell vor.«) Von einer Journalistin wird erwartet, in diesen Fragen eine relevante Meinung zu vertreten und dass sie weder Ehefrau, noch Witwe noch sonst irgendwas ist, kümmert niemanden.

»Hallo?«

»Sind Sie das, Miss Carne? Hatten Sie mir nicht vor einiger Zeit gesagt, Sie würden gern einmal Toddington kennen lernen … ? Tja, also nächste Woche veranstaltet eine juristische Wohltätigkeitsorganisation einen Basar in der Albert Hall und Lady Toddington hat dort einen Stand. Wäre das was für Sie?«

»Sie sind ein Engel«, stammelte ich und hörte Binton kichern. Ich legte auf und bekam vor lauter Aufregung ganz weiche Knie, aber irgendwie musste es meine Familie sofort erfahren. »Und Binton hat gesagt ›Lady Toddington‹, demnach muss Toddy in den Ritterstand erhoben worden sein.«

»Wie schön für ihn!«, sagte Mutter.

Es war uns neu, dass Richter automatisch in den Ritterstand erhoben werden. Das gehört zu den Vergünstigungen des Amtes, so wie Köche in Restaurants unter der Hand Schüsseln mit Bratenfett verkaufen. Wenn ich daran denke, dass mein Vertrauter Binton die ganze Zeit über Bescheid gewusst hat …

»Ach Toddy«, rief ich aus. »Sie werden sich doch bestimmt freuen, mich zu sehen, *nicht wahr*?«

»Unbedingt, meine Liebe«, erwiderte Sir Herbert. »Ich habe bedauerlicherweise erst am Spätnachmittag Zeit für Sie und Mildred, aber Sie werden mir doch gewiss gestatten, Sie zum Tee einzuladen.«

»Musst du da nicht furchtbar viel Geld ausgeben, mein Lieber?«, wollte Sheil wissen.

»Na ja … wissen Sie … so ist das nun mal. Eine Fünfpfundnote dürfte ausreichen, um mich mit Anstand aus der Affäre zu ziehen.«

»Ich finde es jedenfalls äußerst großzügig von Ihnen«, sagte ich.

»Nun, das wird schließlich erwartet«, sagte Toddy

in jenem abschließenden Ton, den er immer anschlägt, wenn wir über das Ziel hinausgeschossen sind.

»Es ist eine Spendenaktion zugunsten der Verängstigten Anwälte!«, rief Sheil blitzschnell, die in dieser Woche als mein Sicherheitsventil fungierte. Beim Mittagsessen rief sie gelegentlich aus: »Nur noch drei Tage, bis Deir Toddy trifft!«

Lediglich Miss Martin ließ natürlich keinerlei Anzeichen von Aufregung erkennen … ihre mit gedämpfter Stimme vorgebrachten Kommentare vermittelten eine gelassene Haltung – na ja, und weiter?, schien sie zu denken –, die die übliche, leicht einschläfernde Wirkung hatte.

»Aber – sie trifft ihn *persönlich*«, stieß Sheil aufgebracht hervor.

»Ja, Liebes. Ist das denn so ungewöhnlich?«

In allerletzter Minute schaltete sich meine Mutter ein. »Es ist schon eine besondere Gelegenheit«, sagte sie, woraufhin Miss Martin, offensichtlich ratlos, erwiderte: »Oh, ja, natürlich«, und dann etwas munterer fortfuhr: »Diese Wohltätigkeitsbasare sind manchmal wichtige gesellschaftliche Anlässe, nicht wahr?«

»Vielleicht ist er überhaupt nicht da«, warf ich ein. Ich wollte mir nichts vormachen. Aber das war ein Vertrauensbruch, denn Sheil schrie auf. »Aber er hat dir doch *gesagt,* dass er kommt. Er hat Mildred sogar einen Scheck gegeben, damit sie ihren Stand mit etwas Lalique aufmöbelt. Das hast du mir erzählt, Mutter.«

»Kennen Sie Lalique, Miss Martin?« Mutter blickte Sheil lächelnd an. »Ganz außerordentliche Gläser … jedes ist unterschiedlich … Franzose … Fabrikstücke … weniger teuer … Sloane Street.«

(Miss Martin fand insgeheim, dass sich das alles recht kurios anhörte.)

Und als würde es das Leben nicht schon gut genug mit einem meinen, landete am Nachmittag ein Brief auf der Türmatte, der uns zu unserem Spezialtanz veranlasste – den berühmten *Pas de Quatre* mit gesummter Begleitmelodie von Meyer-Lutz. Aus Theatermemoiren kennen wir nur eine der Originalschrittfolgen, doch wir verwandeln uns dabei allesamt in die Stars des Gaiety-Theaters und sogar Mutter tanzte gelegentlich leichtfüßig und präzise mit.

Ich wusste sofort, dass es ein interessanter Brief war, denn der Umschlag war quadratisch und dünn und die Schriftzüge unbekannt. Wahrscheinlich die Zuschrift eines Lesers, der meine Adresse im Telefonbuch gefunden hatte. Wir lachten uns immer halbtot über diese Episteln, und ich stellte mir die Verfasser dann beim Schreiben vor, in Hemdsärmeln sonntags in der Küche sitzend, wo sie über ihrem Fläschchen mit billiger Tinte schwitzten. Die fleißigsten Briefeschreiber kommen aus der Unintelligenzia, und ich habe mich schon längst daran gewöhnt, dass sich Fahrradmechaniker mit mir vor Sporthallen treffen wollen oder dass mir verwitwete Klempner – sie schreiben auf Geschäftspapier mit Abbildungen von Waschbecken – einen gemeinsamen Spaziergang vorschlagen. Mutter hat bei einem meiner Verehrer einmal ein Waschbecken gekauft, einen Preisnachlass gab es aber nicht.

Der unbeholfene Stil dieses Briefes deutete auf einen Klempner als Verfasser hin. Ich sah mir zuerst die Unterschrift an. Der Brief stammte von Pipson.

Meine liebe Miss Carne,

Ich glaube, sie hatten erwehnt, dass ihre Schwester zur Bühne möchte und jetzt frag ich mich, ob ich nicht was passendes für sie hette. Ich bin nämlich für sechs Monate für eine Revü gebucht und wenn ihr Fräulein Schwester fielleicht in Betracht ziehen könnte, sich unserer Truppe anzuschließen, wird ein Wort von mir zweifellos dazu genügen. Es ist die meiste Zeit auf Tournee und die Gage ist nicht hoch, aber man weis ja nie. Nun meine liebe Miss Carne, sehen sie doch bitte mit ihrer Schwester über meinen Vorschlag hinweg, aber ich weiß, wie schwierig der Anfang für eine Dame ist. Wenn ich mal so sagen darf, kann ich ihrer Schwester zu einer Bude, Trinkgeldern usw. verhelfen. Meine Festanschrift s.o.

Es grüßt freundlich mit freundlichen Grüßen
Ihr
F. Pipson

Ich sauste in den Salon hinauf, wo alle beim Tee saßen und als Katrine und Mutter das Wesentliche von Pipsons Brief erfasst hatten, riefen wir im Treppenhaus »Sheil! *Pas de Quatre*«. Protestrufe und ein entzückter weiblicher Wirbelwind. Wir stellten uns in Tanzformation und schwangen die Beine. Anschließend, bei der vierten Tasse Tee, fragte Sheil, was wir eigentlich diesmal feierten, und sie saß neben Mutter und futterte leicht verbotene Törtchen, und Crellie stibitzte einen Keks und bekam nicht mal einen Klaps wegen Pipsons Brief. Als wir Miss Martin sahen, die mit resignierter Miene in der Tür stand, rülpste Crellie sie an und Mutter musste lachen und sagte: »Es tut mir – ja so leid, haha! – Miss Martin. Ja, geh jetzt Liebling, oh, ha ha har.«

»Die ehr- und denkwürdige Prozession des Papstes zum Vatikan«, sagte Katrine, »wurde nur kurzzeitig aufgrund einer leichten Indisposition beeinträchtigt ...«

»Was ist eine ›Festanschrift‹?«, fragte Mutter.

»Sein Wohnsitz«, sagte Katrine.

»Oh, wie furchtbar, Liebling! Zwei Gipslöwen an den Torpfosten und eine blumenkohlartig wuchernde Steinvase mit knallroten Geranien, die nie gegossen werden. Wohnsitz ... das klingt noch schlimmer als ›Residenz‹«. Und nach einem kurzen Seitenblick auf mich fragte sie wie erwartet: »Kann man Pipson denn vertrauen?« Katrine protestierte sofort und brachte Empfehlungen vor, doch Mutter machte ein strenges Gesicht und blieb unbeeindruckt.

Ihre Miene entspannte sich erst, als ich kurz nickte.

»Heute Abend nach dem Essen gehen wir auf Spähtour« jubelte Katrine und ich glaube, wir alle freuten uns schon darauf. Wir lieben abendliche Spaziergänge, wenn man sich so leicht und erfrischt fühlt, und die Gesichter der Passanten nur als Schatten wahrnimmt, die einen nicht ermüden oder traurig stimmen oder zum Nachdenken bringen. Wir haben weder Hüte auf noch Spazierstöcke dabei, und ziehen an, was uns gerade einfällt, was sehr erholsam ist; wir geraten in seltsame Straßen und Plätze, die uns manchmal, wie in einem Traum, auch zu bedeutenden Orten führen, und einmal landete ich in Hausschuhen vor dem Buckingham Palace. Wir nennen diese Wanderungen »Spähpatrouillen«, und wenn man glücklich ist, sind sie wunderbar.

»Vermutlich ist La Martin jetzt eingeschnappt«, sagte Mutter, als ihr der vorherige Zwischenfall wieder einfiel.

«Sie machte jedenfalls ein sehr frommes Gesicht, als Crellie sich daneben benommen hat«, sagte Katrine.

Das Abendessen war unbezahlbar, denn Mutter lief zur Hochform auf. Einen Hühnerflügel in der Hand gab sie eine Imitation ihrer Französischlehrerin zum Besten, und parodierte anschließend aus dem Stegreif eines jener Gedichte, die Schülerinnen damals auswendig lernen mussten – optimistische, romantische Machwerke, ohne niedere Gedanken an Männer.

(Attention, mes enfants!)

»C'était un beau jour en Avril
les fleuves ruiselaient,
Les oiseaux – piroquaient,
Et – sur le gazon tendre et vert

Les belles têtes émailliées des fleurs aparaissaient.«

(Une marque de désordre!) Und dann, zu sich selbst: »Das war aber wirklich *verdammt* gut!«

»Wenn es von Victor Hugo war, hast du ihn übertroffen«, stimmte ich zu.

Wir kennen alle ehemaligen Lehrerinnen unserer Mutter vom Hörensagen und ahmen sie beinahe so gut nach wie sie selbst; als wir einmal in unseren alten Prüfungsarbeiten stöberten, fanden wir zwei von uns und drei von Mutter und sie sagte: »Mai 1874 ... sind das jetzt eure oder meine?«

Um halb zehn Uhr abends brachen wir auf.

»Vermutlich hat Mildred ihre Sachen schon gestern im Auto in die Albert Hall bringen lassen«, sagte Mutter.

»Ja. Neulich hat sie zum Tee eingeladen und dabei schon einige Lalique-Stücke verkauft.«

»Wir sollten sie im Anschluss zum Abendessen einladen und ihr sagen, dass sie sich nicht umzuziehen braucht und gehen kann, wann sie will.«

»Lieber nicht«, sagte Mutter. »Sie wird bestimmt todmüde sein und nach Hause wollen.«

»Ob Nicholls wohl dort ist?«

»Kaum. Die Preise kann er sich gar nicht leisten.«

»Der Allerärmste!«

»Toddy kann ihm ja alles erzählen«, versicherte Mutter tröstend. »Und ich bin sicher, dass er ihn zum Mittagessen einladen wird.«

Henry Nicholls ist ein wahrer Schatz. Toddy weiß mehr und mehr zu schätzen, was er an ihm hat und wird zunehmend abhängiger von seinen Diensten. Er hat ihm zweihundertfünfzig Pfund in seinem Testament vermacht. Nicholls erledigt hunderterlei Aufgaben für Toddy, die nichts mit seinen eigentlichen Pflichten zu tun haben, und es kommt höchst selten vor, dass er davonhastet, um selbst einen Happen zu essen, bevor er Toddy nicht versorgt hat. Im vergangenen Sommer, als Toddy zum Lunch in seinem Privatbüro bei Gericht einlud und Mildred die Rolle der Gastgeberin übernahm, hat Nicholls praktisch pausenlos gearbeitet, denn er erklärte sich freiwillig bereit, uns in der Eingangshalle zu erwarten, bis Toddy die Treppe herunterkommen und uns diskret und ohne weiteres Aufsehen in sein Büro führen konnte. Toddy fragte: »Sind meine Damen alle eingetroffen?«, und Mutter, die das hörte, sprach: »Ja, und wir können es kaum erwarten, dass Sie mal richtig auf den Putz hauen«, denn wir versuchen, ihm seine betuliche Altherrenart abzugewöhnen. Wir empfinden dieses ganz und gar viktorianische Benehmen nämlich als einengend und fühlen uns wie im Hühnerstall.

Als wir einen weiteren Kilometer zurückgelegt hatten, sagte Mutter: »Morgen wirst du also Mildred kennenlernen. Ich wüsste zu gern, wie sie in Wirklichkeit ist.«

»Dann komm doch einfach mit, Darling – und kauf dir ein paar hübsche Sachen von Lalique.«

»Nein, lieber nicht! Das ist dein Auftritt. Aber du musst mir alles bis ins Kleinste erzählen.«

»Wahrscheinlich ist sie eine alte Schabracke und

trägt einen perlenbesetzten Dolman«, sagte Katrine, die aus ihrer Pipson-Trance erwachte.

»Oh nein«, sagten Mutter und ich gleichzeitig. Anschließend sprachen wir über die Revue.

Das war ein wunderbarer Tag. Morgens beim Aufstehen ahnt man nie, dass manche Tage sich so entwickeln.

10

In professioneller Hinsicht gab der Albert Hall Basar nur wenig her und fiel überhaupt nicht in mein Fach. Mit dieser Tatsache versuchte ich mich während des Mittagessens zu beruhigen, während Sheil mich leidenschaftlich und konzentriert anstarrte. Für sie war ich bereits zu einer Traumfigur geworden. Ich verschmolz mit unserer Saga und sie sah mich fasziniert und erstaunt darin verschwinden …

Ich selbst fühlte mich ebenfalls nicht sehr real, und auch Katrine und Mutter schien es ähnlich zu gehen. Wir waren allesamt ungewöhnlich still.

Bei dieser Gelegenheit erwies sich Miss Martin als unser Rettungsanker: Unsere Antworten auf ihre Bemerkungen kamen zügig und klangen angemessen.

Als ich aufbrach und mich noch einmal umwandte, stand Mutter am Wohnzimmerfenster und blickte mir nach. »Richte Mildred alles Liebe von mir aus«, rief sie. Ein mit Baumwolle zusammengebundenes Veilchensträußchen landete neben meinen Füßen. Im Obergeschoss war Sheil mit ihrem roten Schopf zu sehen, vom Schulzimmerfenster eingerahmt wie ein Gemälde.

Ihr Schrei »Für den lieben Toddy« ging beinahe im Motorengeräusch eines vorbeifahrenden Autos unter.

In der Albert Hall wurde ich wie üblich von Frauen

belästigt, die anscheinend denken, ein hässliches Kissen sei nur deswegen hübsch, weil es für wohltätige Zwecke verkauft wird. Mein Problem ist vermutlich, dass mir das Wort »Presse« nicht ins Gesicht geschrieben steht oder ich noch keine schlaue Abwehrstrategie gegen derartige Plagegeister entwickelt habe. Dann stand jemand wie aus dem Nichts vor mir und ich fragte: »Ist Mildred hier?« Als ich hörte, was ich da gesagt hatte, wurde mir richtig übel. »Ich meine Lady Toddington«, stammelte ich.

Ich wurde zu ihrem Stand geführt. »Das ist Lady Toddington. Die Dame in Blau.«

Ihr Aussehen entsprach meinen Erwartungen, obgleich sie etwas klüger und eine Winzigkeit jünger wirkte. Ihr Haar war – entgegen unserer Vereinbarung – ungefärbt und hatte einen ganz normalen, allmählich ins Graue übergehenden Braunton. Darüber hinaus setzte mich ihr sachliches Benehmen einen Augenblick lang außer Gefecht …

Ich reichte ihr meinen Presseausweis. Jemand stellte mich vor. Und anschließend wurde ich eine dieser hoffnungslosen Unterhaltungen verwickelt, die unvermeidlich sind, wenn ein Gesprächspartner sehr beschäftigt ist und der andere nicht. Aber das war nur die dumme und auf der Hand liegende Schwierigkeit.

Das größte Problem bestand in meiner mangelnden Unvoreingenommenheit: Ich verfügte im Hinblick auf Lady Toddington über Tausende diskreter, geheimer Fakten und Vorahnungen, während sie mich vermutlich für irgendeine Bürogehilfin hielt.

Durch diese Schieflage fühlte ich mich nicht nur benachteiligt, sondern hatte obendrein das Gefühl, ihre Freundlichkeit unter Vorspiegelung falscher Tatsachen in Anspruch zu nehmen. Eine Art Judas, der durchs Schlüsselloch linst.

Wie hätte ich ihr auch erzählen sollen, dass ich gestern mit ihr zu Mittag gegessen, ihr am Nachmittag bei Aufbau und Einrichtung des Standes geholfen und Toddy sich nach Gerichtsschluss zu uns gesellt und uns beiden einen Cocktail spendiert hatte? Wie ihr vermitteln, dass ich seit zwei Jahren jeden Tag mit den beiden gesprochen hatte? Oder ihr ihr eigenes Leben schildern, die tagtäglichen Gänge zur Schneiderin, zum Telefon, zu Besuchen oder die Kabbeleien mit Toddy? Ihr ihre ureigensten Probleme beschreiben: ihre geheime Sorge, Toddy geistig nicht ebenbürtig zu sein? Dass es Tage gab, an denen sie seine nahezu greifbare Untreue beinahe begrüßt hätte als etwas, worüber sie rundum kompetent hätte entscheiden können, ohne dafür ihren Verstand nutzen zu müssen? Dass sie ihn seit Langem nicht mehr liebte und achtete?

Und wie würde sie mit den zweihundertfünfzig Pfund verfahren, die Toddy Nicholls testamentarisch vermacht hatte? Und wie mit Toddys Misstrauen in Bezug auf Saffy, den er nicht als richtigen Umgang für uns ansah?

Was würde sie von der Pilzgeschichte halten, als ihr Ehemann sich in einem Anfall von »Widerspenstigkeit« eines Morgens weigerte, zum Gericht zu gehen und sich in einer Höhle verschanzte und zum

Schutz davor, entdeckte und abgehört zu werden, einen Pilz an seiner Perücke befestigte?

Solche Geschichten erkennen wir als Hirngespinste, denn natürlich wissen wir, wie man sich vernünftig verhält …

Aber erst einmal musste ich die Situation in den Griff bekommen und ich fragte mich, wie lange es dauern würde, bis ich sie an jenem Punkt hatte, an dem ich schon längst war und wir uns auf Augenhöhe befanden.

Ich musste meine Ungeduld zügeln und umsichtig vorgehen. Mir wurde ein geradezu lächerlich formelles Benehmen abverlangt – als würde ich »Guten Tag« zu Mutter sagen. Aber darin bin ich ziemlich gut. Obwohl es furchtbar lästig ist, weil man vieles tun muss, was einem gegen den Strich geht, etwa taktisch planen, sich anpassen und vorausschauend handeln.

Ich machte mich also als Helferin an ihrem Stand nützlich, packte mit den dürftigen Papierbeständen ungeschickt Päckchen, brachte Lady Toddington eine Tasse dünnen Basartee und war ganz der diensteifrige Lakai.

Und ich wurde belohnt: Lady Toddington »fand Gefallen an mir«, und erkundigte sich, für welche Zeitung ich arbeitete; von dem Moment an musste ich einen anderen Job erledigen und mich leicht vulgär benehmen, zumindest kommt es mir immer so vor, wenn man über seine eigenen Verdienste redet.

»Es ist wirklich wunderbar, was ihr Mädchen jetzt alle so macht«, sagte sie im behaglichen Ton der unbeteiligten Zuschauerin. Natürlich sprach sie von »Mädchen«, aber das hatte ich ohnehin erwartet …

Am späten Nachmittag machte sie Kassensturz und zählte den Lohn der Sünde, der richtige Moment für mich, um die Frage »Kommt Sir Herbert auf einen kurzen Besuch vorbei?« zu platzieren.

»Nein. Er muss zu einer Generalprobe.«

Ich beherrschte mich gerade noch, um nicht »Und warum weiß ich davon nichts?« und »Das hat er nie erwähnt!« auszurufen.

Toddy bei einer Probe? Einer *General*probe? Hmm … vielleicht der Garrick Club … das könnte es sein. Meine Verwirrung war noch größer als meine Enttäuschung. Die Vorstellung eines streng dreinblickenden Toddy, umringt von einer Schar höchst nervöser Schauspielerinnen, deren Lockenschöpfe ihn umwippten, war irgendwie süß. Meine Familie wäre restlos hingerissen.

»Ich liebe Generalproben«, äußerte ich etwas ziellos und tatsächlich habe ich schon viele besucht. Ich mag das Leben am liebsten in seiner ganzen ungezwungenen Hemdsärmeligkeit. Dann geschah etwas Unglaubliches.

Mildred lud mich spontan zu sich nach Hause zum Essen ein.

Zum Glück werde ich bei der geringsten Anwandlung von Müdigkeit oder Aufregung ganz blass und das brachte offenbar eine mütterliche Saite in Lady Toddington zum Klingen, selbst wenn meine Familie nicht im *Who's Who* steht.

Ich saß dicht neben der kupfernen Wärmepfanne und sah zum ersten Mal von der anderen Seite des Fensters auf die Straße hinaus. Ich fühlte mich wie Alice auf dem Kaminsims.

Es gab geeiste Consommée, Lachs mit Mayonnaise, Vanille-Soufflé und eine Ananas. Für Toddys leibliches Wohl wurde offenbar gesorgt.

(»Fairerweise muss man einräumen, dass Mildred sich um sein Wohlbefinden kümmert.« Wer von uns hatte das nochmal gesagt?)

Während des Essens legte ich einige meiner Karten offen auf den Tisch. Ich erzählte ihr von meinen Besuchen am Gericht, was sie sehr gleichmütig hinnahm und lediglich feststellte, sie persönlich fände die Sitzungen langweilig und die Belüftung des Raumes einfach »schockierend schlecht« und gerade als ich eine weitere Karte ausspielen wollte, trottete ein kleiner Hund herein, den sie freudig mit »meine Mingy« begrüßte und ich dachte ›Dieser Hund wird noch mein Verderben sein‹, denn er (oder sie) gehörte zu der Sorte Hund, den Schauspielerinnen zu Proben mitzubringen pflegen.

»Ist das Ihr Hund oder gehört er Sir Herbert?« fragte ich und sie erwiderte: »Das ist mein Hund, ist er nicht ein Prachtkerl?« und dann, leiser zu mir: »Sir Herbert kann ihn nicht ausstehen.«

›Solche Töne werden wir dir in Zukunft abgewöhnen, meine Liebe‹, dachte ich nur.

›Sir Herbert!‹ Zu mir! Und überhaupt zu jedem, vermutlich. Oh. Toddy konnte ihren Hund also nicht leiden. Natürlich, kein Wunder. Ich forschte auf ihrer Miene nach Anzeichen von verborgenem Groll, konnte jedoch nur ein rein geschäftsmäßiges Hinnehmen erkennen. Aber die beiden waren seit immerhin sechsundvierzig Jahren miteinander verheiratet.

Anschließend bat sie uns alle in den Salon und ich sagte, ich fände ihn sehr schön, was auch der Wahrheit entsprach, und dass mein Kaffee hervorragend schmecke, was gelogen war. Es war eine gute Bohnenmischung, aber die Zubereitung durch das Personal ließ zu wünschen übrig. Das langgestreckte, hohe Zimmer, einer jener georgianischen Räume, wie sie in manchen Wohnungen der Londoner Innenstadt, dank sei Gott und der Schönheit, noch zu finden sind, hatte ausgewogene Proportionen. Die Nacht war tiefblau, ruhig und warm.

Das Licht des Kristallleuchters mit elektrischen Kerzen fiel auf das Klavier; es war mit Silberrahmen und manch anderen Sünden wider den Heiligen Geist geschmückt. Lady Toddington fragte mich, ob ich spiele, was unglücklicherweise der Fall ist und eine der Ewigkeit entrissene Viertelstunde zur Folge hatte, in der ich sie mit Weisen aus *Co-Optimism* und anderen melodischen Refrains aktueller Revues unterhielt. Ich ging das Risiko ein, dass sie die Mondscheinsonate aller Wahrscheinlichkeit nach als »Sehr nett« abkanzeln würde und schon bald summte und klopfte sie im synkopierten, sentimentalen Rhythmus einer von mir komponierten Melodie, die den vorherrschenden Trend parodierte.

Schuld daran war nur
Der süße Abendduft
Schuld daran war nur …

Ich improvisierte drauflos und gestattete mir ab und zu ein paar Jazz Breaks.

Dann trat Toddy ein.

Eine halbe Stunde später sagte Lady Toddington: »Sie müssen mich unbedingt wieder besuchen.« Eine Bemerkung, die alles oder nichts bedeuten kann. Sie fügte jedoch gleich hinzu: »Kommen Sie doch zu meiner *Matinee.* Nächsten Donnerstag.«

Sir Herbert hielt mir die Eingangstür auf. Er konnte natürlich nicht wissen, wie oft er mich bereits bis ans Ende der Straße begleitet hatte; plötzlich stieg mir ein süßer Duft in die Nase, Sheils Veilchen, die darum baten, nicht vergessen zu werden. Pflichtschuldig überreichte ich ihm das Sträußchen. »Die sind von Sheil, meiner Schwester. Sie ist elf Jahre alt und bewundert Sie sehr.« (Pfui!)

Einen Augenblick wirkte er völlig natürlich und entspannt und dafür war ich, ausgerechnet ich, verantwortlich.

»Wie lieb und charmant von Ihrer Schwester. Richten Sie Ihr meinen allerliebenswürdigsten Dank aus.«

Vom Nachhauseweg ist mir nur in Erinnerung geblieben, dass ich mein Etui aus der Tasche nahm, mir eine Zigarette anzündete und im sich lichtenden Menthol-Rauch den diensthabenden Polizisten bemerkte, der mich interessiert musterte.

Ich hatte erwartet, dass Mutter und Katrine sich wie Aasgeier auf mich stürzen würden, aber die absolute Unwahrscheinlichkeit dieses Abends brachte sie für einen Moment zum Schweigen. So ähnlich hat die Familie der Heiligen Johanna, über einem Abendbrot aus Brotsuppe und Crêpes vor sich hin brütend, sie vielleicht nach ihrem himmlischen Gespräch empfangen. Sheil, die Arme, schlief schon längst. Ich hätte sie am liebsten geweckt und ihr alles sofort brühwarm erzählt, aber Mutter wollte nicht und das trug dazu bei, uns alle etwas zu erden.

»Das verzeiht sie uns nie«, sagte ich warnend. Wahrscheinlich hatte ich recht, doch der eigentliche Grund war mein eigenes brennendes Mitteilungsbedürfnis. Ich litt Todesqualen. Sheil hat mich oft dazu herumkriegt, mit ihr gemeinsam auf den gesunden Menschenverstand der »Erwachsenen« zu schimpfen. Auch sie weiß genau, – und zwar sehr genau! –, dass man manche Dinge eben auf der Stelle haben muss und auch nur fünf Minuten Wartezeit alles ruinieren.

Ich habe Mutter einmal eine große Birne gekauft und stürmte nach Hause, weil ich es kaum erwarten konnte, sie ihr zu schenken. Als ich eintraf, telefonierte sie und sagte: »Nur eine Minute, Liebling« und ließ mich einfach stehen, ernüchtert und ausgebremst. Jedes Vergnügen war verflogen. Als ich Sheil Jahre später von dem Vorfall erzählte, sagte sie prompt: »Ich hätte die Birne aus dem Fenster geschmissen.«

Sheil und ich mögen so gut wie immer die gleichen Dinge. Das war auch der Grund, warum sie Toddy in den Wochen, nachdem Mutter als Geschworene berufen worden war, blindlings adoptierte. Sheil ist es nicht gewohnt, ihren Vertrauten und Spielkameraden im wirklichen Leben zu begegnen und sie war völlig begeistert, als sie mit ihrer Hauslehrerin einen Besuch im Gerichtssaal machte. Dort nahm sie Toddy von ihrem Sitzplatz aus in Augenschein und entsetzte Miss Martins Vorgängerin, Miss Chisholm, als sie eine meiner Fotografien von seiner Lordschaft auspackte und sie ungeniert mit der unnahbaren, sitzenden Figur verglich. »Er ist sehr hübsch und sieht aus wie ein kleines Marmeladentörtchen, wenn er gähnt«, sagte sie auf dem Nachhauseweg. Miss Chisholm, die lediglich einen älteren, etwas gebrechlichen Herrn mit Zwicker gesehen hatte, der die Leute streng zurechtwies, sagte ihr, sie solle keinen Unsinn reden. Warum müssen Kinder Hauslehrerinnen haben? Sie zertrampeln mit ihren praktischen Tretern Jahr für Jahr tausende zarter Blüten und säen stattdessen Felsbrocken aus. Die Chisholm war eine durch und durch anständige und betäubend langweilige Person. Später weigerte sich Sheil zuzugeben, dass Toddy mit richtigem Namen Herbert hieß und taufte ihn auf den Namen Austen Charles. Das, so behauptete sie, sei der richtige Name für jemanden mit einem solchen Gesicht. Und ich stimmte ihr zu. Mutter meinte, sie hoffe nur, dass Sheil später als Erwachsene keinen dieser Romane schreiben würde, die sie als »gehobene Albernheiten« bezeichnete.

Und selbst das, so Miss Chisholm, war noch nicht alles. Als jener Mann, den sie »den Richter« nannte, seine sechsminütige Zusammenfassung beendete, hatte Sheil lebhaft Beifall geklatscht. Das war meine Schuld, denn ich hatte vergessen ihr zu sagen, dass eine Gerichtsverhandlung nicht dasselbe ist wie ein Theaterstück. Sheil hatte die Dramatik natürlich ebenso gespürt wie ich und wollte nur – die Gute! – den alten Herrn unterstützen, was natürlich sinnlos war. Es beunruhigte Miss Chisholm, dass sie durch Sheils Benehmen selbst aufgefallen war und forderte, da sie zu Recht eine Wiederholung dieser peinlichen Situation fürchtete, Mutter solle sich einmal mit Sheil »unterhalten«.

Als wir drei unter uns waren und Miss Chisholm sich zurückgezogen hatte, um ihr solides Schuhwerk auszuziehen, kam Mutter dem Wunsch nach. Sie nahm Sheil auf den Schoß und ergriff meine Hand. »Hat Toddy irgendwas zu dir gesagt oder dich über seine Brille angesehen? Was für ein lieber Kerl.«

»Ich glaube, er hat mich angesehen, aber danach hat er sich wahrscheinlich mit Nicholls rasch in sein Büro verdrückt und gegrinst.«

Auch Katrine war heruntergekommen, um meine Geschichte zu hören. Ich fing an zu erzählen, stocherte jedoch in der Eile wahllos herum, denn ich bin weder im Reden noch Erklären gut und vermeide beides nach Möglichkeit.

»Toddy ist ganz der Alte. Ich habe zum ersten Mal seinen Scheitel gesehen, er ist nur ein klitzekleines bisschen kahl und sah sehr silbrig und süß aus und viel jünger als in seiner Robe. Er ist nicht lange geblieben und hat vor allem über seine Probe gesprochen …«

»Welche *Probe* denn?«, erkundigte sich Mutter gespannt.

»(Na ja, die, von der er gerade zurückkam. Davon erzähl ich euch später). Er scheint eine Menge über die Bühne zu wissen und ich frage mich, ob er noch seine richtigen Zähne hat oder nicht …«

»(Also, in seinem Alter trägt er bestimmt ein Gebiss.)«

»(Ich weiß nicht. Denk nur an Opa.) Tja, anschließend machte er sich dann über den Basar lustig und sagte: ›Sind sie nicht alle fürchterlich?‹ und war viel lebhafter, als wir ihn uns vorgestellt haben.«

»Dass der Ärmste tatsächlich so verschroben ist, wie wir immer dachten, war wohl kaum anzunehmen …«

Ich hatte eigentlich sagen wollen, dass Toddy, der sich von einem Negativ in das gedruckte Abbild entwickelt hatte, während der gemeinsam verbrachten halben Stunde gewissermaßen aus der Rolle gefallen war und sich als eigene Persönlichkeit gezeigt hatte, die nicht ganz jenem nur halbwegs passenden Charakter entsprach, den wir für ihn geschneidert hatten. Das kam nicht unerwartet, aber der Schock war deswegen nicht minder real … Es dauerte lange, bis ich alles berichtet hatte und wirklich zur Sache ging es erst, als wir in unseren Schlafzimmern waren. So rief Mutter mit Toddington-Stimme aus ihrem Zimmer: »Deirdre!«

»Ja, Toddy mein Liebling?«

»Ich habe mich so gefreut, dass du heute Abend bei uns warst.«

»Wie nett von dir, Schätzchen! Ist Mildred schon zu Bett gegangen?«

»Meine Frau?«

»Ha!«

»Ich glaube schon.«

»Warum warst du nicht beim Basar, Toddy?«

»Wie schön, dass du so ungezwungen bist.«

»Ha!«

»Ich war bei der Probe. Hm ... ja ...«

»Haben sich alle um dich gedrängt und mächtig viel Brimborium veranstaltet?«

»Die jungen Damen haben sich sehr höflich benommen.«

»Ach, Toddy, jetzt mach mal halblang.«

»Was soll das heißen? Wie sprichst du denn mit mir?«

»Die Hauptdarstellerin hat sich bestimmt auf seine Knie gesetzt«, warf Katrine ein.

»Wer ist diese Person? Könntest du uns bitte miteinander bekannt machen?«

Mit Katrine hat Toddy gewisse Schwierigkeiten. Seit Monaten stellen wir die beiden einander vor. Er fordert uns jedes Mal dazu auf, wenn er sich über sie ärgert. Katrine zieht ihn für ihr Leben gern auf und dann kommt er zu Mutter, Sheil und mir, damit wir alles wiedergutmachen und Mitgefühl zeigen.

Gegen Mitternacht zeichnete sich ab, dass Toddy die gesamte Truppe in einer rechtlichen Streitfrage belehrt und man ihm für die Premiere eine Loge reserviert hatte, mit zwei Sitzplätzen für Mutter und mich; vor der Vorstellung würden wir mit den Toddingtons essen gehen und dann in deren Wagen zum Theater fahren. Toddy selbst war vom Hauptdarsteller nach Hause chauffiert worden und hatte sich am folgenden Abend mit ihm zum Billard spielen im Garrick Club verabredet.

Und wieso auch nicht? Solche Eskapaden gab es in Toddingtons Leben wahrscheinlich zuhauf. Schlimm ist nur, wenn der Abend kommt und wir uns nicht zurechtmachen und kein Wagen vor der Tür steht und man so enttäuscht ist, dass es einen regelrecht erschöpft.

Aber die Vorfreude auf den Abend ist einfach wunderbar …

»Und die Lalique-Gläser? Wie viele besitzt sie denn nun?«, wollte Mutter zum Schluss wissen.

»Nicht der Rede wert! Da waren hauptsächlich Wildledertaschen und abscheuliche kleine Schminkköfferchen aus Olivenholz.«

II

Agatha Martin hatte sich in ihrem Schlafzimmer eingeschlossen. Das Schulzimmer war zwar ein durchaus angenehmer Raum, aber sie hatte häufig gelesen, dass Hauslehrerinnen auf eine strikte Trennung von Beruf und Privatleben achten sollten, und außerdem nutzten die Carne-Mädchen, insbesondere Deirdre, das Schulzimmer ungewöhnlich häufig.

Die ältere Dame, für die Mabel arbeitete, lag im Sterben – wieder nahm sie Flossies Brief. Gerüchte kursierten, wonach Mr. Francis in ein anderes Vikariat versetzt werden sollte.

Wie so oft betrachtete Miss Martin seine Fotografie und versank, zwischen Brief und Bild, in trübe Gedanken. Dann zog sie aus dem Einsteckfach ihrer Schreibmappe drei eng beschriebene Blätter hervor. Sie waren von Arthur M. Francis unterschrieben, und er machte ihr darin in wohl formulierten, wenngleich etwas steifen Sätzen einen Heiratsantrag. Sie wären mit Sicherheit arm, er erlaube sich jedoch anzunehmen, dass, da weder er noch Agatha selbst extravagante Gewohnheiten hätten und ihre Lebensplanung im Wesentlichen feststehe, weil keiner von ihnen zu den sogenannten Wilden Jungen Leuten gehöre und infolgedessen auch keine Hoffnung auf ein großes Erbe hege, er doch dächte, ein schönes Kaminfeuer und eine abendliche Pfeife für ihn und ein Kaminfeuer, und ein paar hübsche Dinge oder ein Buch für sie, wenn der Tag mit seinen vielen Anforderungen sich dem Ende zuneige …

Miss Martin lächelte ein wenig über die Anspielung auf die Wilden Jungen Leute und ein Gedicht von Masefield. Das war typisch für ihn. Dann dachte sie wieder an seine aufrichtige Liebe, wie er ihren Mut bewunderte, sich in fremde Familien einzufügen … die Worte verschwammen vor ihren Augen. Wozu weiterlesen? Sie kannte den Brief auswendig. Sie hatte ihn selbst geschrieben. Es war bereits Ende Oktober, und notfalls gab es immer noch das Kaminfeuer im Schulzimmer.

Nur der liebe Gott wusste, an welchen Ort die Launen der Carnes Agatha im nächsten Sommer verschlagen mochten, aber sie konnte nirgendwo weiter von Cheltenham entfernt sein als in diesem schauderhaften Dorf in Yorkshire. Wie ungemütlich die Zimmer gewesen waren, wie merkwürdig und ungehobelt das Benehmen der Einheimischen. Das Wohnzimmer hatte neben der Wirtsstube gelegen, und auf ihre Privatsphäre war nicht immer Rücksicht genommen worden, denn dieser rothaarige Junge hatte nach Lust und Laune durch die Vorhänge gelinst. Beinahe hätte es Agatha Mrs. Carne gegenüber erwähnt. Ein oder zwei Mal war ihr sogar der Verdacht gekommen, er sei nicht ganz nüchtern.

Vielleicht lag es auch daran, dass sie direkt von zu Hause aus nach Yorkshire gereist war. Welch ein Gegensatz. Arthur hatte sie zweimal besucht und sie hatten einen dieser herrlichen Nachmittage unter dem Maulbeerbaum verbracht, der Vater war gut gelaunt und Flossie umsorgte ihn hingebungsvoll und beinahe mütterlich. Aber es zeichneten sich Veränderungen ab. Agathas Wunsch nach Wiedereingliederung ins Arbeitsleben hatte manches verändert. Sie (und vermutlich auch Violet und Mabel) waren nicht mehr Teil des Familienlebens und würden in Zukunft nur noch willkommene Besucherinnen sein ... Unfreiwillig und mit furchtbarer Klarheit sah Agatha Martin alles vor sich.

Sie musste noch die Postanweisung an Mabel schicken. Viel Geld würde sie nicht zurücklegen können ... der Wintermantel ... Arthur würde gewiss vorbeikommen und sich verabschieden, falls das Gerücht zutraf und er tatsächlich versetzt wurde. Auf der anderen Seite des Schreibtisches lagen einige seiner Briefe, voller Neuigkeiten, liebevoll und brüderlich zugleich.

Was für ein Jahr!

Unbekannte Bahnhöfe, auf denen man, mit dem Koffer in der Hand, ausgesetzt wurde. Und landauf, landab warteten auch Violet und Mabel auf Bahnsteigen und fragten sich, wie ihre Zimmer wohl aussehen mochten? Denn das war jetzt das Wichtigste ... und Mabel würde schon bald arbeitslos sein, worauf sie vermutlich ebenso hoffte wie sie sich davor fürchtete.

Warum, sinnierte Agatha, war diese Situation überhaupt entstanden? Wahrscheinlich war es unvermeidlich gewesen, denn die Finanzen waren Angelegenheit des Vaters; wenn seine Geschäfte fehlschlugen, waren stets die anderen daran schuld und bewiesen damit nur ihren Mangel an Geschmack. Glücklicherweise hatte sie selbst in Newnham eine Ausbildung erhalten! Und zwar rechtzeitig, bevor man in Cheltenham Verdacht schöpfte. Es hatte gerade noch geklappt … knapp drei Jahre später hatte der Vater sich aus dem Arbeitsleben zurückziehen müssen … und Arthur hatte sie Unseren Blaustrumpf genannt … und gedroht, bei einer der heimlichen abendlichen Kakao-Partys plötzlich aus ihrem Kleiderschrank aufzutauchen, so dass sie nach Hause geschickt würde (»Ich will hören, was ihr Mädchen so redet, aber wahrscheinlich wird es mich furchtbar schockieren«). Beim morgendlichen Einkauf hatten sie oft auf dem Bürgersteig gestanden und herumgealbert, Mr. Francis an sein Fahrrad gelehnt.

Sie hatte lange Zeit mit dem Gedanken gespielt, ihm wieder zu schreiben. Er war ein Freund der Familie … nur ärgerlich, dass Sheil so wenige zitierfähige Sätze von sich gab … aber in beruflicher Hinsicht, so Miss Martins Ansicht, hatte sie durchaus Grund zur Zufriedenheit. Beispielsweise hatte das unsinnige Gerede beim Mittagessen über diesen Dion Saffyn und seine wahrscheinlich imaginären, auf jeden Fall aber unscheinbaren Töchter nahezu aufgehört. Sie hatte die Todesanzeige erst nach der überstürzten Rückkehr aus Yorkshire gesehen und Katrine kondoliert und dabei feststellen müssen – hier übermannte Miss Martin im Nachhinein die Empörung –, dass die Carnes ihn nicht einmal entfernt kannten. Das hatte Katrine gesagt, ganz kühl und leise, und Agatha hatte nur verblüfft stammeln können: »Aber ... aber ...« – woraufhin Katrine mit bis dahin ungeahnter Autorität erwiderte: »Miss Martin, wir haben uns entschieden, dass Sheil nichts davon erfahren soll, falls Sie das bitte nicht vergessen möchten« und war einfach aus dem Schulzimmer spaziert.

Seither war Miss Martin auf alles gefasst und erwartete, dass auch die Toddingtons irgendwann unter den Tisch fallen würden, doch hier irrte sie, denn Lady Toddington hatte angerufen und war zum Tee geblieben ... Miss Martin war selbst mit dabei gewesen. Lady Toddington gehörte ihrer Meinung nach zu den respektabelsten Freundinnen der Carnes. Eine Dame der Gesellschaft. Aber – Miss Martins Lippen wurden schmal – im Hinblick auf Personen wie diesen Mr. Pipson ging Mrs. Carne, und sei es auch Katrine zuliebe, einfach zu weit.

Vor einer Woche war er zum Tee erschienen – kam in einem riesigen Wagen vorgefahren und Gastgeberin und Töchter hatten ihn als ihresgleichen behandelt. Agatha hatte den schlimmen Fehler begangen, ihn sympathisch zu finden, trotz seines Akzents und der mangelhaften Grammatik. Er verhielt sich äußerst aufmerksam und höflich und hatte ihr, da er sich mit Schimpfwörtern und Rufen nach Bier zurückhielt, keinerlei Rückschlüsse darauf erlaubt, wer oder was er war. Für alle gut hörbar hatte er ihr erklärt: »Ach, hätt ich doch bloß mehr Bildung. Glauben Sie mir, Miss Martin, ich hab erst mit vierzehn schreiben gelernt, und was das Buchstabieren angeht – na ja!« Miss Martin, in der Annahme, Pipson sei ein erfahrener Geschäftsmann, dessen weniger glorreiche Anfänge längst keine Rolle mehr spielten, wollte gerade ansetzen, um einem verständnisvollen Zuhörer ihre Theorien darzulegen, als Mrs. Carne sagte: »Ich kann auch nicht buchstabieren, Mr. Pipson«, und Sheil strahlend rief: »Wenn Sie nicht buchstabieren können, dann lerne ich's auch nicht.« Offenbar hatte sie eine ihrer fatalen Schwächen für den kleinen Mann entwickelt. Für Agatha bedeutete das, mit weiß Gott was fertig werden zu müssen und dagegen anzukämpfen. Dann schleppte Sheil den Besuch nach oben und zeigte ihm das Puppentheater; er nahm es gründlich unter die Lupe. »Da haben Sie ruckzuck das Bauamt auf dem Hals und die werden Ihnen einen saftigen Denkzettel aufschreiben, Miss Sheil«, erklärte er schließlich zu ihrem Entzücken. »Jetzt finde ich Sie *wirklich* zum Anbeten«, rief sie aus und Mr. Pipson erwiderte prompt: »Dann werden wir am Dienstag heiraten, falls der auf einen frühen Wochentag fällt und ich nicht mit Szenario-Synopse im Bett liege.« Anschließend ging es in den kleinen Garten, und er hatte Mrs. Carne erklärt, wie man die Blattläuse und Drahtwürmer bekämpft (»Mein Gärtner ist wirklich ein prima Bursche, aber unglaublich altmodisch. Sie müssten jetzt das Folgende tun, Mrs. Carne … «). Dann zeigte er Sheil ein paar Tanzschritte, was sie begeisterte, und beide machten Luftsprünge über die Ränder der Beete hinweg und Mrs. Carne lachte, bis ihr die Tränen kamen. Als er zum Abschied allen die Hand schüttelte, warf er einen Blick auf Katrine. »In zwei Wochen sind wir in Bradford. Aaah, Bradford sehen und versterben«, sagte er und fuhr dann, plötzlich ganz ernst, an die Gastgeberin gewandt fort: »Sie dürften mir vollauf Vertrauen schenken, Mrs. Carne, ich meinerseitens werde über Miss Carne wachen wie ein Argus, als wär sie mein eigen Fleisch und Blut.« Und Mrs. Carne erwiderte: »Das weiß ich«, und dann legte er den Arm um Sheil und sagte: »Gott behüte dich, mein Schätzchen und es war mir eine Riesenfreude, Miss Martin.«

Später kam Agatha vorsichtig auf den Gast zu sprechen. Das erforderte natürlich ein gewisses Taktgefühl, aber die beiden Älteren waren, das musste sie zugeben, nicht sonderlich heikel.

»Ein sehr charmanter Mann, aber – könnte man sagen, er sei durch und durch ein Gentleman?«

»Pipson? Ein Gentleman?« antwortete Deirdre. »Er ist zweitklassiger Komiker am Schmierentheater, Miss Martin. Er heißt Freddie Pipson.«

Die guten Manieren des Besuchers, soviel wurde Agatha schlagartig klar, waren lediglich aufgesetzt, und sie selbst und die Familie hatten ihn durch ihr höfliches Benehmen darin unterstützt. Die Carnes hätten sie warnen sollen, aber sie waren eben völlig unberechenbar. Freundlich, in vielerlei Hinsicht sogar freundlicher als manche ihrer vorhergehenden Familien, und dennoch führte das Zusammensein mit ihnen stets dazu, dass sie sich nach einem langen Gespräch mit Flossie sehnte oder einem Spaziergang mit Violet und Mabel …

Der neueste Spaß der Carnes bestand offensichtlich darin, dass sie jedes Mal, wenn sie einander auf der Treppe begegneten, »Freut mich, Sie kennenzulernen« sagten, und bei Tisch sogenannte »Pipsonismen« äußerten. So erklärte Deirdre beispielsweise: »Wenn Sie es mir nachsehen wollten, Mrs. Carne, aber Sie sind im Begriff, den Braten falsch zu schneiden, genau genommen« und Katrine erwiderte: »Dürfte ich Sie mal kurz um den Essig bitten, wenn Sie ihn freundlicherweise entbehren könnten?« und unisono würden beide fragen: »Ist Ihr Tee recht so für Sie?« Sogar Sheil rief: »Bloß nichts verschütten, Miss Carne; und wenn ich mir die Bemerkung gestatten darf, was treiben Sie eigentlich zur Zeit so?«

Hier hatte Agatha entschieden eingegriffen und den Unsinn untersagt. Sheil war ihr Hoheitsgebiet und ihre vielleicht ein wenig impulsive Zurechtweisung war an das Kind gerichtet gewesen. Aber sie war überzeugt, dass auch die anderen den Wink verstanden hatten ...

»Wirklich, Sheil, ich dachte, Mr. Pipson wäre dein Freund, aber wenn man dich so reden hört, wie du dich über ihn lustig machst ...« Schweigen trat ein. Sheil lief vor Ärger rot an.

»Ich hab mich nicht über ihn lustig gemacht«, protestierte sie und fuhr wirr fort: »Wenn – wenn – wenn ...«, woraufhin Deirdre, ärgerlicherweise und wie sie es häufig tat, den Satz für sie beendete.

»Gerade wenn man jemanden wirklich gern hat, Miss Martin, kann es ein großes Kompliment sein, ihn nachzuahmen.«

Agatha wusste nicht recht, was sie darauf erwidern sollte. »Dann freue ich mich schon auf den Tag, an dem ihr mich nachahmen werdet«, hatte sie schließlich gesagt. Daraufhin hatte Mrs. Carne ihr noch etwas von dem Braten angeboten und von Mr. Pipson war nicht mehr die Rede gewesen. ›Es mag ja dauern‹, dachte Miss Martin. ›Aber man darf davon ausgehen, dass der eigene Einfluss sich irgendwann bemerkbar macht.‹ Im Grunde war es ja harmlos und vor allem auf die Freundschaften mit unmöglichen Personen zurückzuführen. Zum Glück kannten die Carnes und die Toddingtons einander bereits seit Jahren, sonst hätte ein solcher Umgang das Ehepaar vielleicht schockiert, aber Agatha nahm an, dass die beiden sich inzwischen an alles gewöhnt hatten, selbst wenn Lady Toddington sich, obwohl sie einander doch lange kannten, ungewöhnlich förmlich benommen hatte. Beispielsweise hatte sie zum Abschied niemanden geküsst – außer Sheil. »Ich kann einfach nicht anders, sie ist so ein Liebling, nicht wahr, mein Schätzchen?«, hatte sie gesagt.

Agatha sang später vor den Mädchen ein Loblied auf Lady Toddington und bedauerte allenfalls, dass letztere beim Abschied von Sheil so wenig Zurückhaltung gezeigt hatte. »Ach, Miss Martin, verstehen Sie doch – sie kommt nicht aus den allerfeinsten Kreisen«, hatte Katrine erwidert. Und als Agatha andeutete, dass Richter, ihres Wissens, über sehr hohe Einkommen verfügten, waren Katrine und Deirdre in schallendes Gelächter ausgebrochen.

Auf dem Treppenabsatz waren Stimmen zu hören. »Reichen Sie mir bitte das Eingemachte«, kreischte Sheil und Deirdre sagte: »Glaub mir, Junge, in Hartlepool hab ich sie alle an die Wand gespielt. Der Chef hat mir zehn Pfund angeboten, für wenn ich den Harmlett spiele, und ich darauf ›Unter fünfzehn rühr ich keinen Finger und das is mein letztes Wort‹.«

»Shakespeare muss gespielt werden, junger Mann«, bemerkte Katrine. »Aber wenn Sie mich hier mit Ihrer Wandertruppe abspeisen wollen und die doppelte Gage fordern, da fehlen mir einfach die Worte.«

Auf der Treppe waren Schritte zu hören. »Tra-lala! Mes enfants!«, erklang Mrs. Carnes Stimme. »Ah, Trotty, ça marche, hein? Amuse-toi bien, ma mignonne!«

»Ach, halt die Klappe, Eisenminna.«

»Hé? ‹Alt die Klappe? Mais qu'est-ce que c'est ›alt die Klappe‹?«

»Verschwinde. Und lass das Getue – schließlich kommst du aus einem kleinen Laden in der Vorstadt.«

»Jetzt habt ihr's mal wieder geschafft! Sie ist zu Isidore zurückgeflogen!« stellte Mrs. Carne fest und fügte hinzu: »›Hm! Fangen wir irgendein Gespräch an‹, sagte Mr. Kenwigs.«

Miss Martin kamen die Tränen. Sie erstickte ihre Schluchzer vorsichtshalber in einem Taschentuch, denn Deirdre hatte sie schon einmal beim Weinen erwischt.

12

Die Toddingtons in Wirklichkeit kennenzulernen, war, vermute ich, so ähnlich wie eine Ehe: manchmal enttäuschend, manchmal die Erwartungen übertreffend. Die Köchin erwies sich als echte Enttäuschung; sie war nicht treu, mürrisch und schottisch und hieß Grania, sondern eine kantige Londonerin namens Bessie; und das Dienstmädchen hieß Ethel und nicht Henderson, und sie war keineswegs hochnäsig, sondern sehr umgänglich und schien die beiden Toddingtons – und vor allem Sir Herbert – wirklich gern zu haben. Aber Dienstmädchen bevorzugen häufig ihren Dienstherrn. Ich lese zwar nicht Freud, nehme aber an, er kann das im Groben und im Detaillierten herleiten – insbesondere in Ersterem.

Dann waren da die Räumlichkeiten im Londoner Heim der Toddingtons … Toddys Studierzimmer, beispielsweise. Aus unserer Sicht befand sich der Kamin auf der verkehrten Seite und sein Sessel stand nicht links, sondern rechts neben dem Gasofen. Sein Schlafzimmer im zweiten Stock lag sogar auf der falschen Seite des Flurs. Ansonsten sah im Wesentlichen alles so aus, wie wir es geplant hatten.

Als Lady Toddington mich im Anschluss an ihre *Matinee*-Einladung zum ersten Mal »durchs Haus führte«, war mir vieles vertraut. Von Toddys Mantel, seinem Spazierstock und dem Schirm stehen seit achtzehn Monaten Fotografien auf meinem Kaminsims, und auf dem Frisiertisch lag einer seiner scheußlichen, steifen, abnehmbaren Stehkragen, über den ich ebenfalls alles wusste. Er ist auf jedem Porträtfoto von Toddy zu sehen (außer er spielt Golf in Sandwich, dann trägt er ein Halstuch).

Mir fielen seine Universitäts-Trophäen ein, und ich entdeckte eine oder zwei im Studier- und im Esszimmer und wusste, dass in einem der Schränke sein Jagdmantel hing. Ich hatte ihn zwar noch nie in natura gesehen, konnte aber genau sagen, wann und wo er ihn zum letzten Mal getragen hatte.

Ich folgte Lady Toddington daher so vorsichtig, als ginge ich auf Glas. An jeder Ecke, um die ich bog, musste ich auf neue, überraschende Entdeckungen gefasst sein und eine verräterische Bemerkung – über Dinge, die ich wusste oder nicht wusste – führte womöglich zu einem Scherbenhaufen. An diesem Nachmittag verplapperte ich mich jedoch glücklicherweise nur zwei Mal. Schließlich führte sie mich ins Esszimmer und mixte mir einen Cocktail; damit betraten wir, nach vielem, was neu und seltsam anmutete, wieder vertrautes Gelände und dieses kurze Zwischenspiel, gepaart mit meiner Erleichterung, mich in bekannten Gewässern zu befinden, machte mich unvorsichtig. Mildred blickte zerstreut aus dem Fenster und schien plötzlich ihre eigenen Blumenkästen zu bemerken. »Die sind schon halb tot. Ich nehme nie wieder Geranien. Im letzten Jahr hatten wir Lobelien.«

»Nein, das waren Pantoffelblumen«, korrigierte ich und stellte mein Glas ab. Glücklicherweise las sie nicht »zwischen den Zeilen«, sondern beschwerte sich weiter über die Blumen und sagte, sie könne sie nicht mehr sehen.

Der zweite Patzer war schlimmer. Ich hatte ein bisschen Pech, denn wäre die Unterhaltung anders verlaufen, hätte ich ebenso gut etwas äußern können, das Mildred auf eine Quelle – die Nachrichten oder das *Who's Who* – hätte zurückführen können.

Sie gehörte ganz offensichtlich zu den Frauen, die sich Freunden und Bekannten vorbehaltlos mitteilen, worauf ich nicht vorbereitet war. Ich vergaß, dass es sich eher um eine Masche als um einen echten Gradmesser der Vertraulichkeit handelte, und ließ mich einen Augenblick lang im Strom treiben: Deirdre und Lady Mildred tranken gemeinsam Cocktails und gleich würde Henderson durch die Eingangshalle hereinschwimmen und das Tablett abräumen.

Es war nach sieben Uhr, denn bei einem Blick auf ihre Armbanduhr rief sie: »Oh weh! Ich muss mich rasch umziehen. Wir sind in letzter Minute für heute Abend eingeladen worden.« Und dann, auf ihre vertrauliche Art, die mich spüren ließ, dass sie es aufrichtig meinte: »Meine Liebe, heiraten Sie niemals einen klugen Mann, es sei denn, Sie sind selbst gescheit. Man muss immer auf der Hut sein.«

»*Eigentlich* mag er das gar nicht«, erwiderte ich.

»Eh?«

Ich stürzte mich auf das Thema. »In Toddy kann man sich leicht täuschen. Das ging uns anfangs auch so. Es liegt bestimmt an seinem ernsten Beruf … aber am liebsten sitzt er einfach da, raucht und lässt sich necken, umgeben von Büchern und Hunden …«

»*Necken?* Herbert?«

»Aber ja. Er weiß, dass er die Leute einschüchtert und in seinem Innersten wünscht er sich Menschen, die sich davon nicht beeindrucken lassen und …«

»Aha …!«

»Es gibt nur so wenige, Lady Mildred, die Zeit oder die nötige Begeisterung aufbringen, um nach dem wahren Ich in einem anderen Menschen zu forschen, finden Sie nicht auch?« In meiner Aufregung legte ich tatsächlich ein gutes Wort für Toddy ein. Ich versuchte, die der Schickeria zugewandte Seite Mildreds zu erschüttern, von deren Existenz wir alle überzeugt waren, und die ihre freundliche Brockley-Seite, die es nach unserer gemeinsamen Überzeugung ebenfalls gab, zu überlagern drohte. Inzwischen wissen wir, dass es ein Hirngespinst von uns war – da lagen wir einfach falsch. Irrtümer sind eben unvermeidlich.

Sie stellte ihr Glas ab. »Mein liebes Kind, seit wann kennen Sie meinen Mann?«

Das war leicht zu beantworten. »Ich kenne ihn überhaupt nicht.«

»Aber … ?«

»Ich habe ihn nur einmal während des Basars getroffen, für eine halbe Stunde am Abend«, erwiderte ich in einem Ton, als würde man mich verhören.

»Oh – ich verstehe.« Sie war offensichtlich in einen geistigen Ringkampf verwickelt.

»Ich habe Ihren Mann übrigens Toddy genannt. Ich hoffe, Sie werden mir das nachsehen. Es war wirklich ungehörig. Ich fürchte, zu Hause nennen wir ihn alle immer nur ›Toddy‹ und Sie sind, so leid es mir tut, ›Lady Mildred‹.«

»Toddy«, sagte sie probeweise. »Er reißt Ihnen den Kopf ab, wenn er das hört.«

»Darauf würde ich es ankommen lassen«, gab ich lächelnd zurück.

»Nichts da, meine Liebe. Sonst muss ich noch dafür büßen.« »Ich glaube, es würde ihm gefallen. Er würde sich natürlich eine ganze Weile zieren, aber dann würde er das Zimmer verlassen und sich schütteln – Sie wissen schon, auf seine typische Art, und zurückkommen und Sie strafend ansehen … Du meine Güte! Ich gehe jetzt besser!« brach ich entsetzt ab.

»Noch ein Glas? Nein? Ich schenk mir noch was ein. Jedenfalls haben Sie sich das anscheinend alles gut überlegt.«

»Es tut mir furchtbar leid, aber ich sollte jetzt *wirklich* gehen.«

»Nur, wenn Sie *wirklich* müssen. Wissen Sie, Sie gefallen mir. Leider kenne ich nicht viele junge Mädchen. Irgendwie werde ich nicht recht schlau aus Ihnen, aber das ist ja nichts Neues, wenn man jemanden kennenlernt … wissen Sie, ich gehöre zu den Menschen, die Hüte mit Straußenfedern und eine Federboa tragen sollten, statt in Modellkleidern und mit Wasserwellen herumzulaufen und mich zu bemühen, es allen recht zu machen.«

»Sie sind ein *Schatz*«, sagte ich.

Irgendwie war nicht vorgesehen, dass wir Mildred sympathisch finden könnten. Ob das wohl Folgen haben würde?

»Da bin ich froh. Es ist immer schön, gemocht zu werden, nicht wahr? Selbst wenn nur der Abglanz des Ruhmes auf einen zurückfällt. Aber das ist nichts Neues für mich, trösten Sie sich.«

»Nein, Sie täuschen sich. So ist das überhaupt nicht.«

»Kommen Sie mit nach oben. Wir suchen ein paar Fotografien von Herbert heraus, die Sie mitnehmen können. Das Wort ›Fotografie‹ findet er übrigens abscheulich, keine Ahnung, warum.«

»Hat er dann auch prinzipielle Einwände gegen ›eigentlich‹?«, fragte ich kichernd.

»Vermutlich. Aber worin besteht eigentlich das Prinzip? So, da wären wir.« Sie nahm einen Stapel Aufnahmen von Toddy aus der Schreibtischschublade, legte sie aufs Sofa und bot mir einige davon an. Ich hatte mir schnell einen Überblick verschafft und nahm die Studioporträts genauer in Augenschein.

»Ach ja, dieses hier wurde vor dem Old Bailey aufgenommen ... ja, der Fall Barston Gardens ... und hier, beim Golfspiel in Sandwich ... vielen Dank, aber das hab ich bereits ... ja, daran erinnere mich ... gehört nicht zu meinen Lieblingsbildern, aber ich hab's trotzdem ...«

»Vielleicht legen Sie sich am besten die ein oder zwei Aufnahmen heraus, die Sie noch *nicht* haben«, sagte Lady Toddington und brach in Gelächter aus. Mit zitterndem Finger deutete ich auf drei Porträts.

»Die-diese hier … wie konnte ich die bloß übersehen, ha ha ha!«

»Allmählich fange ich doch an, Verdacht zu schöpfen, ich weiß nur nicht, weswegen«, erklärte meine Gastgeberin.

»*Ich* schon«, sagte ich und putzte mir die Nase. »Aber Sie irren sich, leider!«, woraufhin wir beide erneut loslachten.

Lady Toddington zog einen Ring nach dem anderen ab. »Sagen Sie, haben Sie wirklich eine Schwäche für ihn?«

»Das lässt sich nicht so einfach beantworten«, sagte ich und wischte mir die Lachtränen aus den Augen.

»Aber – bedenken Sie doch nur sein Alter. Wäre das nicht unnatürlich?«

Mir war klar, dass sie das sagen würde. Sogar die nettesten Frauen haben manchmal Krämerseelen wie Mrs. Peachum und wären entsetzt, wenn man ihnen erklärte, was sie da unterstellen.

»Finden Sie nicht«, erwiderte ich und formulierte mit größter Vorsicht, »dass es eher … Pech für Menschen ist, wenn sie darauf verzichten müssen, geliebt zu werden, nur weil sie alt sind?«

»Selbstverständlich finde ich das. Aber eine junge Frau wie Sie …«

»Diese Karte sticht nicht, fürchte ich. Denken Sie nur an Sheil. Sie betet Ihren Mann an. Erinnern Sie sich noch an meine Schwester?«

»Das kleine Ding!« Lady Toddington wich vom Thema ab. »Ihr Familie ist ganz reizend.«

»Ja, eine nette Truppe.«

»Und alle sind so glücklich miteinander, das sieht man sofort. Heutzutage ist es ja die Ausnahme, wenn sich Mütter und Töchter gut verstehen. Man ist schon beinahe froh, dass man selbst keine Tochter hat … ich brauche nur an die Streitereien zu denken, die mir alle erspart geblieben sind. Aber erzählen Sie mir mehr von Ihrer Familie.«

»Also, Katrine, meine andere Schwester, wird in einer Revue mitspielen und mein Vater ist gestorben und unsere Hauslehrerin weint in ihre Suppe.«

»Und warum?«

»Ha! Ich meine das natürlich nicht wörtlich, aber die Ärmste ist heimwehkrank, hat drei Schwestern und einen Vater, der seine Ausgaben einschränken muss. Aber sie bewahrt Haltung. Sie können sich gar nicht vorstellen, Lady Mil – Lady Toddington, wie einem dieses Verhalten auf die Nerven gehen kann.«

Sie hörte mir wie ein Kind zu, mit ausgestreckten Beinen neben mir auf dem Boden sitzend. »Ich achte darauf, welche Sorgen sie bedrücken.« Damit konnte Lady Toddington offensichtlich nichts anfangen.

»Ja, ich erinnere mich an sie. Sie kam zum Tee herunter, richtig? Die Ärmste … Sie sind außergewöhnlich mitfühlend, nicht wahr?«

»Eigentlich nicht. Meistens will ich gar kein Mitgefühl empfinden.«

Lady Toddington lachte und zündete sich eine Zigarette an. »Erzählen Sie mehr. Erzählen Sie mir von Herbert.«

An der Tür klopfte es. »Ach herrjeh! Ich habe unsere Einladung völlig vergessen. Komm rein.«

Toddy stand in der Tür und ich rappelte mich hoch, behindert durch die Fotografien auf meinem Schoß.

»Nun, Herbert – du erinnerst dich noch an Miss Carne?«

Miss Carne, sechs seiner Abbilder an die Brust gepresst, schüttelte ihm die Hand, nicht ganz ohne Schwierigkeiten.

»Angenehm. Veranstaltest du eine Art Flohmarkt, Mildred?«

»Ich weiß, ich bin noch nicht umgezogen, das Essen ist beinahe fertig und der erste Gong hat schon vor Ewigkeiten geschlagen.«

Ich hatte sein kurzes Blinzeln bemerkt, als seine Frau sofort auf den leisen Vorwurf reagierte, aber ihr Widerstandsgeist schien bereits erloschen.

»Das ist alles meine Schuld, Sir Herbert«, sagte ich. »Ich gehöre zu den Leuten, die einfach hereinschneien und dann nicht mehr gehen.«

»Ich bitte Sie! Darf ich Sie von Ihren Lasten befreien?«

»Lieber nicht, Herbert! Das sind Fotos von einem einmaligen Ausrutscher in meiner Jungmädchenzeit.«

»Was soll das heißen?« Er musterte sie über den Rand seiner Brille hinweg, genau wie er das bei Gericht zu tun pflegte, und ich musste lachen. Lady Toddington funkelte mich an. Vermutlich fürchtete sie, ich könnte aus Verlegenheit etwas äußern, was sie belastete; mein Verschwörerblick schien sie jedoch zu beruhigen. »Schon gut, mein Lieber. Es sind Aufnahmen von Miss Carnes Freund.« Ich schob die Fotografien hastig zusammen, und sie sah Toddy an. »Herb, lass uns heute zu Hause bleiben«, sagte sie so bettelnd wie ein kleines Kind zu seinem Kindermädchen. »Können wir nicht hier bleiben und einen gemütlichen Abend verbringen?«

Er sah sie an und überlegte. »Das klingt äußerst verlockend, aber wir sind ausgerechnet bei den Slingsbys eingeladen. Kann Miss Carne nicht zum Abendessen bleiben? Wir müssen erst gegen halb zehn aufbrechen.«

»Das ist natürlich auch eine Idee.«

Das Abendessen war die reinste Tortur. Toddy saß in Reichweite und Mildred machte Konversation.

Einen oder zwei Gänge lang rätselte ich, ob sie wirklich erfreut über meine Anwesenheit war. Mit der Vorspeise kam die Erleuchtung.

Sie präsentierte mich wie eine stolze Mutter, und obwohl ich keine Spielverderberin sein wollte, empfand ich es doch als ungeheuerlich, dass ich Toddy wie eine Fremde vorgestellt wurde. Lady Toddington wusste nach unserem Gespräch genug über mich, um sich auf meine Kosten zu amüsieren und versetzte mir, metaphorisch gesprochen, ständig Rippenstöße, während sie ihren Gatten und mich »verkuppelte«. Hätte sie Konfetti zur Hand gehabt, hätte sie uns mit Sicherheit damit beworfen … und dann Toddy, der unaufhörlich eine andere Miene aufsetzte, von denen ich jede kannte, und sehr charmant war. Es kostete mich viel Mühe, mich beiden gegenüber gleichmäßig freundlich zu benehmen.

Früher oder später musste ich ja mit ihm sprechen. Also sagte ich: »Ich mag Ihren Assistenten bei Gericht, Sir Herbert. Er sieht interessant aus.«

»Mathewson? Ja, ein netter Kerl. Ohne ihn wäre ich völlig verloren. Er hat mir mal erzählt, dass er eigentlich selbst Jura studieren wollte – aber das liebe Geld, Sie wissen schon …«

Nun, das war soweit in Ordnung … obwohl der Teil neu für uns war.

»Sie schwärmt für das Gericht«. Lady Toddington hatte zum nächsten Schlag ausgeholt.

Feine Linien durchzogen sein Gesicht. »Ein faszinierender Ort, nicht wahr? Und inzwischen bietet sich dort auch den Damen ein Betätigungsfeld.« Ich lachte im Stillen und antwortete: »Aber die heutigen Anwältinnen werden nie genug verdienen, um davon zu leben. Vielleicht gelingt es ihren Töchtern.«

»Da haben Sie leider recht.«

»Anwältinnen sind Ihnen also kein Dorn im Auge?«

»Nein, warum auch? Aber das letzte Wort ist noch nicht gesprochen!« Der arme Kerl musterte mich leicht säuerlich mit seinen braunen Augen. »Ich persönlich finde die Kanzleigerichte für Frauen angemessener …«

»Aha. Sie meinen, weil man dort mühelos an unanständige Beweisstücke kommt?« sagte ich und er schüttelte sich vor Lachen.

»Nun, wenn Sie das so formulieren …«

»Ich denke, Sie möchten die Damen – Gott schütze sie – darauf beschränken, über Erbgüter zu sprechen.

Dabei fällt mir ein – was bedeutet eigentlich Erbgut?«

»Um das zu erklären, ist eine gute halbe Stunde nötig«, erwiderte Sir Herbert. »*Interessieren* Sie sich denn dafür?«

»Rasend! Das letzte Mal, als ich bei Gericht vorbeigeschaut habe, haben Sie den Ausdruck fünfmal benutzt und ich fand das Wort hinreißend. Ich liebe Wörter.«

»Das geht mir genauso.«

Anschließend sprachen wir, angeregt durch einige seiner Fälle, über Mordprozesse und es schien ihm zu gefallen, denn ich konnte mich daran erinnern, dass Seddon in Tollington Park 60 gewohnt hatte und hatte auch Crippleys Hausnummer in Hilldrop Crescent parat. Von den Mördern kamen wir auf die Flut von Büchern zu diesem Thema zu sprechen, von denen ich viele gelesen hatte und von da aus auf Bücher im Allgemeinen. Von diesem Augenblick an blendete sich Mildred irgendwie aus. Man spürte, wie sie sich in sich selbst zurückzog, obwohl ich ihr einen Rettungsring nach dem anderen zuwarf. Und Toddy stand mir kein bisschen bei. Vielleicht war das etwas verfrüht, aber ich war richtig böse auf ihn. Vollkommen versunken in das Thema und herrisch manövrierte er mich in sein Studierzimmer, um mir einige Erstausgaben zu zeigen. Mir war es etwas unangenehm, weil Mildred im Esszimmer zurückblieb und sich vielleicht ausgeschlossen fühlte. Doch bald gewann der Buchzauber die Oberhand und wir tauschten Vorurteile und Lieblingslektüren aus.

»Wenn ich ausnahmsweise allein esse, lese ich immer *Jahrmarkt der Eitelkeiten*, und suche mir dann Stellen aus, die besonders gut zum Mittag- oder Abendessen passen. Auf Becky ist ein Tomatenfleck verschmiert, wenn sie das Wörterbuch in den Garten schleudert, und ein Bratenfleck an der Stelle, wo sie sagt: ›Und, Amalia, mein Herzchen, ich hab auch eine Ananas gekauft. Lass sie uns zum Mittagessen mit aufstellen.‹«

Er rückte den Kneifer zurecht. »Hm. Bei mir ist ein Klecks Chutney auf ›als sie nach der Trauung in den Wagen stieg‹ gelandet und auf der Seite mit der spontanen Selbstentzündung gibt es ein Brandloch.«

»*Bleak House*? Hab ich immer wieder beiseitegelegt.«

»Versuchen Sie es unbedingt nochmal. Einmal habe ich diese Szene sogar mit einem Arzt diskutiert und er sagt, aus medizinischer Sicht sei das unmöglich. Ich habe auf den Heuhaufen verwiesen, bei dem es ja auch wegen der Entstehung von Giftgasen zur Selbstentzündung kommen kann, aber er meinte nur, beim Menschen sei das ausgeschlossen, da der Atem im Körper verbliebe. Davon abgesehen ist es jedenfalls ein großartiges Stück Literatur.« Er zog ein Buch aus einem der oberen Regale. »Und wie steht es mit den Brontës? Können Sie sich für diese Familie erwärmen?«

»Ja, mit Ausnahme von Anne. Die halte ich, ehrlich gesagt, für eine komplette Vollidiotin.«

Er lächelte mich etwas kühl an. »Ich weiß, was Sie meinen. Genau wie die Schweiz ist auch die Brontë-

Familie zu einem Klischee erstarrt, und in ihre Werke hat man alle möglichen Qualitäten hineingedeutet. Aber dennoch, was für eine Familie! Selbst wenn keine von ihnen je eine Zeile zu Papier gebracht hätte, was für eine Geschichte! Und ist es nicht in künstlerischer Hinsicht vollkommen, dass es keinen zitierfähigen Satz von Anne gibt? Und geradezu schicksalhaft, dass sie als Einzige fern von zu Hause begraben wurde, sanft und nutzlos auf dem Sofa in Scarborough verschied? Oder Branwell, im Drogenrausch und betrunken, der aufrecht und aus schierem Draufgängertum in seinem besten Anzug in eine bessere Welt hinüberging? ›Meine Nerven! Meine Nerven‹. Ich habe mich immer gefragt, woher der Junge, als einziger von den Geschwistern, seine roten Haare hatte.«

»Sie halten die Brontës für degeneriert?«

»Das halt ich für ebenso unwahrscheinlich wie die Ausführungen jener Dame, die uns in ihrem Buch weismachen will, Emily sei eine geistige Hermaphroditin gewesen. Die Brontës sind für mich das logische Resultat ihrer direkten Umgebung, ihrer Herkunft und Ernährung. Haben Sie das Museum besucht?«

»Nein, obwohl wir diesen Sommer sogar in Yorkshire Urlaub gemacht haben. Nach Haworth sind wir aber nicht gefahren, wir waren zu sehr damit beschäftigt, Trübsal zu blasen.«

Ich sah ihn an und hoffte wider alle Vernunft, damit bei ihm einen Nerv zu treffen. Aber dann fiel mir ein, dass es in dieser Zeit um Toddy wundersam still gewesen war und da es in unserem Gasthaus keinen

Telefonanschluss gab, hatte er uns auch nicht täglich anrufen können. Um das hier einmal ganz penibel festzuhalten.

»Trübselig? Oh weh, das höre ich gar nicht gern. Ich war in Sandwich.«

»Ja, nach den Verhandlungen in Bristol«, erwiderte ich ohne nachzudenken.

»Richtig. Das Museum im Pfarrhaus hat mich jedenfalls bezaubert. Emilys Schreibtisch ist seit ihrem Tod unverändert, sogar die Haushaltsbücher liegen noch darauf ... und das Blumenbild mit den weggetüpfelten Augen Charlottes ... die Bleistiftmarkierungen, die die Körpergröße der Geschwister festhalten – man hat sie erst entdeckt, als die Tapete abgenommen wurde. Unerklärlich, warum einen das derart fasziniert. Man fühlt sich an einem verwunschenen Ort, obwohl es noch nicht einmal so lange her ist ... Als junger Anwalt pflegte ich durch London zu spazieren und nach Straßen zu suchen, in denen die Figuren von Dickens gewohnt hatten und ich werde nie den Moment vergessen, als ich die Kingsgate Street in High Holborn hinunterging und das Haus des Vogelliebhabers fand, über dem Mrs. Gamp wohnte.«

»Ach, wie wunderbar. Erzählen Sie weiter.«

Das tat er; er ging leise auf und ab, streifte den Zwicker von der Nase und klopfte mit seinen kleinen, spitz zulaufenden Nägeln auf die Zierdeckchen, bis sich die Tür öffnete und Mildred, wieder ganz Lady Toddington, als imposante Figur im steifen, glitzernden Abendkleid zu sehen war.

»Ihr Bücherwürmer! Wir müssen los, Herbert.« Er zog ein finsteres Gesicht, nicht, weil sie eingetreten war – obwohl sie das, glaube ich, annahm –, sondern wegen der abfälligen Bezeichnung. Mildred mag keine kluge Frau sein, aber sie ist durchaus imstande, sich ihrer Haut zu wehren. Sie taxierte mich, verglich mich mit früheren Erfahrungen. *›Ich kenne nicht viele junge Frauen.‹* Sie empfand das als ein Manko. Und dann war da noch mein unfairer dreijähriger Vorsprung …

Ich wünschte mir sehr, ich könnte zu ihr gehen – es schien so natürlich – und mich bei ihr unterhaken. Ich würde sagen: ›Sieht Toddy nicht süß aus!‹ Und ich wollte den beiden liebe Grüße von meiner Mutter ausrichten, und sie noch einmal daran erinnern, dass sie das Abendessen bei uns zu Hause am Sonntag auf keinen Fall vergessen durften. Ich war mir sicher, dass sie wie immer antworten würden: *›Gute Nacht, liebes Kind. Das wird bestimmt reizend.‹*

»Der Wagen ist vorgefahren, Mylady.«

Sie drehte sich um und folgte dem Dienstmädchen. Ich reichte Sir Herbert zum Abschied die Hand. »Besuchen Sie meine Frau doch einmal, wenn Sie mögen. Sie freut sich, wenn Sie junge Leute um sich hat«, sagte Toddy.

»Tatsächlich?«

Er sah mich an, als wäre ich ein vorlauter Anwalt.

»Tatsächlich.« Er schenkte mir eins seiner privaten Lächeln. »Es war ein wunderbarer Abend für mich«, erklärte ich. Ich bin froh, dass ich es fertigbrachte, ihm das zu sagen, und während er sich den

Schal umlegte und in seinen Mantel schlüpfte, ging ich zu Lady Mildred in die Eingangshalle. Ich wusste nicht recht, in welcher Stimmung ich sie vorfinden würde, und ihre erste Bemerkung war nicht sehr aufschlussreich.

»Nun, wie geht's dem Idol?«

»Das Idol ist ein richtiger Schatz«, antwortete ich. »Glauben Sie, es wird uns einmal besuchen kommen?«

»Fragen Sie ihn. Anscheinend haben Sie bei ihm einen Treffer gelandet. Er sagt, ich lese nur Edgar Wallace. Gilt das als etwas Schlechtes?« Sie fragte mich das in einem Ton, als würde sie sich mit ihrer Hutmacherin über die neuesten Trends beraten.

»Ich verrate Ihnen mal was«, gab ich zurück. »Er liest selbst Krimis. Ich habe drei im untersten Regal entdeckt.«

Lady Toddington lachte und verwandelte sich mit einem Schlag wieder in Mildred. »Na so was! Das werde ich ihm in Zukunft unter die Nase reiben.«

Ich verschwieg ihr, dass es sich bei den fraglichen Büchern um Meisterwerke handelte, in denen es vor allem um Stil und weniger um Detektive geht. Meiner Meinung nach gehörte sie eher zu denjenigen, die das *Geheimnis von Bly* von Henry James für eine Geistergeschichte hielten. Dennoch war es ratsam, dass Toddy sich nicht als literarischer Snob gerierte. Offenbar hatte Mildred seine Bemerkung über Edgar Wallace wörtlich genommen. Das wäre jedenfalls charakteristisch für sie.

Sie wandte sich mir zu und drückte mir einen großen Briefumschlag in die Hand. »Vergessen Sie Ihren jungen Freund nicht.« Sie hatte an die Fotografien gedacht. Vielleicht war meine Miene vielsagend, denn sie legte mir die Hand auf die Schulter. »Kommen Sie bald wieder und besuchen Sie ihn. Ich …« sie hielt einen Moment inne, auf der Suche nach dem richtigen Wort, »ich glaube, das würde ihm Freude bereiten.«

»Und Ihnen ebenfalls?«

»Mir? Sie können immer darauf zählen, dass ich eine Tasse Tee für Sie habe! Wir fahren Sie natürlich nach Hause.«

Ich saß in dem vertrauten Wagen, von dem ich nicht wusste, ob er ihnen gehörte oder nur gemietet war und der Chauffeur – vielleicht Mitchell? – fuhr uns.

In dieser Nacht war nicht an Schlaf zu denken. Ich vertrieb mir die Zeit damit, die gesammelten Alben meiner Veröffentlichungen durchzublättern und überflog außerdem meinen Roman. Ich bemerkte, dass ich vor vier Jahren drei Artikel geschrieben hatte, in denen ich Richter Toddington für verschiedene Dinge, die er bei Gericht gesagt hatte, kritisierte. Offensichtlich hatte Binton die Themen vorgeschlagen. Du lieber Himmel! Ich hatte Toddy damals richtig zugesetzt, mich nicht gescheut, ihn mit meiner Lieblingshassfigur, dem Heiligen Paulus, zu vergleichen und gesagt, es sei bedauerlich, dass er seine voreingenommenen Privatansichten in die Öffentlichkeit trage. Es ging dabei um die Anwesenheit von Frauen bei Mordprozessen. Mutter hörte mich gackern und kam im Morgenmantel herein. »Darf ich denn eigentlich nie dein Buch lesen, fällt mir da ein?«, fragte sie, als sie sich zum Gehen wandte.

»Hm, der letzte Gutachter hat überall Anmerkungen hinterlassen. Gib mir noch etwas Zeit, bis ich alle ausradiert habe … ich weiß noch genau, auf welchen Seiten sie stehen.«

Sie war sofort einverstanden, gab mir einen Kuss und ging hinaus. Ich machte mich auf die Suche nach einem Radiergummi und schlug die Seiten auf. Die mit Bleistift geschriebenen Kommentare waren verschwunden.

Ich setzte mich hin und fing an, nachzudenken.

13

Katrine probt in einem Pub in der Maiden Lane; er stammt aus der viktorianischen Zeit, ist mit Bierdünsten und Sägespänen auf dem Boden angereichert, und eine Treppe höher befindet sich ein großer Übungsraum mit einem derart verstimmten Klavier, dass es schon wieder lustig ist, und knabenhaft wirkende, fröhliche junge Frauen in Pullovern und Unterhosen – einige proben sogar in Badekleidung – springen umher. Eine der Klaviertasten, das A über dem Mittel-C, ist kaputt und ich versuche im Voraus zu erraten, wann jemand sie anschlägt und erst als die Klavierbegleitung einsetzt, wird mir mit einem Mal klar, wie wichtig diese Note ist.

Ich gehe (stumm)
Ins schöne Hono (stumm) lu!

Wenn wir zu Hause die Lieder proben, singen Katrine, Sheil und ich jetzt immer »stumm« statt der Worte oder Silben; und letzten Sonntag in der Kirche haben wir es auch so gemacht. Wir gehen nur selten zum Gottesdienst, weil wir an so vieles glauben, was offiziell nicht auf der Liste steht, aber diesmal wollten wir für den Erfolg der Revue beten und wie modern, skeptisch oder fortschrittlich man auch sein mag, haben Kirchen doch etwas an sich, das die Verwirklichung von Wünschen wahrscheinlicher erscheinen lässt als jeder andere Ort.

Vor zwei Jahren ging ich zur St Bartholomews, um St Rahere darum zu bitten, dass Toddy nicht auf einer seiner Reisen sterben möge, bevor ich ihn noch einmal wiedergesehen habe, und dass die Laken in seiner Unterkunft nicht feucht sind und als Vater krank war, kam ich zufällig an einer Baptistenkapelle vorbei und ging hinein; ich weiß nicht, ob meine Gebete gegen feuchte Laken geholfen haben, weil Sir Herbert sich nicht daran erinnern kann, aber Vater ging es auf jeden Fall besser, zumindest für eine Weile. Ich bin mir sicher, dass Gott es zu schätzen weiß, wenn man hin und wieder an ihn denkt und werde in Zukunft Toddy und Mildreds wegen netter zu ihm sein, und Katrine hat sich das auch vorgenommen, wegen Freddie Pipson. Wir sangen also einträchtig

Jesu, Lieb (stumm) meiner Seele
Nimm mi (stumm) an deinem Busen auf.

Wir sind beide fest überzeugt, dass Gott ebenso viel Freude an diesem Klavier hätte wie wir. Katrine ahnt es nicht, aber ihr stehen in den Provinzgarderoben noch einige Auseinandersetzungen bevor. Ich war noch keine fünf Minuten bei den Proben, als mir bereits die Giftnattern der Truppe auffielen. Nicht, dass ich je viel mit ihnen zu tun gehabt hätte, aber ich bin ihnen doch häufiger begegnet als Katrine. Es handelt sich um einen weit verbreiteten und unverwechselbaren Typus. Meist sind es Blondinen mit langen Gesichtern und Nagetierzähnen, die schmutzige Geschichten erzählen und häufig einen leicht anrüchigen, heißen Draht zur Geschäftsleitung haben – arme Geschöpfe, die bei Krisen immer als erste zusammenbrechen. Pipson erzählte mir, wie eines dieser Mädchen bei Luftangriffen völlig den Kopf verlor; sie beschwor alle Heiligen und kniete schließlich auf der Bühne nieder und fing an zu beten, wenn die Bomben niedergingen.

Von Pipson bekamen wir nicht viel zu sehen. Er ist ein so talentierter Mann, dass er zwischen den Aufführungen mit den Hauptdarstellern in anderen Theatern probt. Er hat Katrine zwei wunderbare Zeilen gegeben. Die eine lautet: »Ich bin in meinem ganzen Leben noch nie so beleidigt worden!«, eine Zeile, die in jeder Revue auftaucht, und die andere: »Los, Mädels, lasst uns schwimmen, das Wasser sieht wunderbar aus!«. Wir haben die beiden Sätze auf alle möglichen und unmöglichen Weisen durchgespielt. Katrine zieht den Londoner Cockney-Akzent vor, Mutter und ich sind mehr für Schottisch; einmal hat sich Mutter meine Baskenmütze geschnappt, einen Abendmantel um eine Schulter geworfen, aus dessen Falten einen Spazierstock gezogen und Katrine lüstern beäugt, während sie in Hamlet-Manier auf- und abschritt und mit dem Stock herumfuchtelte. Aber Katrine dachte an die Theaterdirektion und sagte: »Das ist etwas zu stark, das müsstest du abmildern.« Mutter ließ den Stock wieder verschwinden. »Von vorn wäre es schrecklich, einfach furchtbar.«

Mit den Tanzschritten hat Katrine keine Probleme und wir üben im Garten, zur Freude der Köchin und unter dem ungläubig staunenden Blick des Oberst von nebenan; er beobachtet uns heimlich, wie der Mann in der Bibel, vom Badezimmer aus durch sein Monokel. Als Katrine ihn zum ersten Mal bemerkte, wurde sie nervös und kam mit den Schritten durcheinander, aber der Garten ist trotzdem der beste und ruhigste Ort zum Proben und unsere Bewegungen sind außerdem absolut nicht anstößig. Um die Anwesenheit des Oberst zu erklären, haben wir uns eine Geschichte ausgedacht: Wir tun so, als wäre er einer dieser Weiberhelden, wie sie sich zur Zeit des Empire am Leicester Square herumgetrieben haben und würde versuchen, Katrine zu verführen und aus seinen Blicken spräche ungezügeltes Verlangen. Als wir das geklärt hatten, fühlte sich Katrine viel wohler und die Proben verliefen ungestört.

Einmal nahmen wir Miss Martin zu einer offiziellen Probe mit. Wir waren der Meinung, das sei gut für ihre Allgemeinbildung. Aber sie sagte immer nur mahnend »Aber, aber«, während sie um die Fässer herumlief und über die nackten Frauenbeine der Tänzerinnen und den männlichen Regisseur staunte. Ich erklärte ihr wahrheitsgemäß, dass die Mädchen keine Strumpfhosen trügen, um das Geld für Waschen und Stopfen zu sparen, und das beruhigte sie offenbar, denn Sparsamkeit ist etwas durch und durch Respektables. Dennoch saß sie an die Wand gelehnt und erwartete, dass man sie beleidigte und als das nicht geschah, schien sie ziemlich ratlos zu sein und wich zurück, als sich die Mädchen in den Pausen neben sie setzten, um sich auszuruhen und ihre Absätze zu überprüfen und sich zu unterhalten und machte nur »Ho!« als eine der Tänzerinnen sagte: »Ehrlich, Leute, das ist jetzt schon das zweite Paar, das mir in einer Woche wegen diesen ver – Proben kaputt geht.« Manche Mädchen drücken sich noch viel derber aus, und ich habe Katrine schon eingeschärft, sie dürfe Mutter nichts davon sagen, um sie nicht zu beunruhigen, und müsse vielleicht selbst auf Tournee solche Sachen sagen, um ihre Ruhe zu haben und dass solche Ausdrücke aber nicht für die Familie bestimmt seien. Schon allein die Sprache deprimiert Katrine.

Miss Martin, die ohnehin kein Wort verstand und nur der falschen Grammatik wegen protestiert hatte, nahm es gelassen hin. Inzwischen ist durchgesickert, dass Katrine Pipson privat kennt und die meisten Mädchen gehen davon aus, sie sei seine »Freundin«. Deswegen haben sich bereits zwei Lager gebildet: Auf der einen Seite herrscht bewundernder Neid, auf der anderen unterdrückte Bosheit. Wir haben es Mutter erzählt, weil wir dachten, sie hätte ihre Freude daran, und genauso war es auch. Sheil will auch unbedingt zu einer Probe kommen, aber das werde ich nicht zulassen. Abgesehen von einigen Ausnahmen sind die Mädchen nett und freundlich und würden Sheil auf diese schrill demonstrative, mütterliche Art umschwirren, die Ensembles eigen ist, aber für Sheil wäre das nichts.

Katrine verlässt uns viel früher als erwartet, denn

auf Grund irgendeiner undurchsichtigen Laune der Direktion finden die letzten Proben in Bradford statt, wo das Stück anschließend auch Premiere hat. Pipson hat für sie eine Unterkunft in der Nähe seines Hotels gefunden und ist der Frage der Flöhe und Wanzen auf eine so zartfühlende Weise ausgewichen, dass wir sie schließlich selbst stellten; ihm fiel sichtlich ein Stein vom Herzen, obwohl er die besagten Tierchen beharrlich mit »wie-heißen-sie-gleichnoch« bezeichnete. Katrines Unterkunft kennt er seit vielen Jahren – lange bevor er zu seiner jetzigen Stelle kam – und obwohl fast zwei Drittel ihres Gehalts dafür draufgehen werden, hat er ihr geraten, die Räumlichkeiten zu mieten. Katrine hätte es wirklich leichter, wenn sie sich in ein Kloster zurückziehen würde und auch größere Aussichten, sich dort Verdienste zu erwerben. Vor lauter Aufregung bemerkt sie kaum, dass sie im Begriff ist ihr Zuhause zu verlassen, sie wird jedoch bestimmt enttäuscht sein, weil sie Halloween verpasst. In Hampton Wick feierten wir zu jedem erdenklichen Geburts- und Feiertag ein Fest; aber seit unserem Umzug haben wir keinen großen Garten mehr, was die Sache erschwert, insbesondere was die Puppen zu Guy Fawkes betrifft, eine *spécialité de la maison* und seinerzeit im ganzen Dorf wegen ihrer Größe und Schaurigkeit bekannt.

In diesem Jahr ist Sheil alt genug, um mitzumachen und spät aufzubleiben, das ist jedenfalls der offizielle Vorwand, um Halloween zu feiern. Ich sehne mich nach dem beleuchteten Kürbiskopf mit schiefem Grinsen, den schwarzen Katzen und Hexen auf dem Tisch und bin außerdem neugierig, ob der junge Mann in Miss Martins Schlafzimmer wohl beim Spiegel-Ritual auftaucht und wie sie dann mit ihm zurechtkommt. Als durch und durch anständige Frau ist ihr Geist wahrscheinlich nicht sehr rein, deswegen wird sie vermutlich verlegen dreinblicken und der Meinung sein, das gehöre sich so, wenn Geister – mit einem zugegeben etwas plumpen Sinn für Humor – einem geeignete Männer anbieten. Ich frage mich oft, ob sich Miss Martin insgeheim wünscht, dass wir uns nach diesem jungen Mann erkundigen und ich würde ihr den Gefallen natürlich gern tun, obwohl die Vorstellung eines vertraulichen Gespräches von Frau zu Frau mit ihr furchtbar ist; manchmal habe ich den Eindruck, dass vertrauliche Gespräche mit ihr durchaus möglich wären, wenn man denn an sie herankäme. Katrine versteht nicht, warum mich die Fotografien in Miss Martins Zimmer interessieren – sie nennt sie Martins Schurkengalerie. Sie kann sich eben nicht vorstellen, dass für Menschen wie Miss Martin Fotografien an die Stelle von Gesprächen treten und Außenstehenden Rückschlüsse auf ihr Leben ermöglichen. Aber Unterdrückung in irgendeiner Form ist für Katrine im Unterschied zu mir ohnehin etwas Unvorstellbares. Mit elf Jahren hat sie sich in den Fischhändler verliebt und ihn zu ihrem Helden erkoren; eines Morgens war sie zufällig im Geschäft, als er die Kassiererin wegen einer durcheinandergeratenen Bestellung herunterputzte und als sie nach Hause kam, war sie ganz aufgelöst und bleich und erklärte, sie sei jetzt in dem Alter, wo alle Begierden erlöschen müssten – diesen Vers hatte sie gerade in der Schule gelernt – und Mutter wäre um ein Haar herausgeplatzt, riss sich aber zusammen, um Katrine nicht zu verletzen.

Mir selbst geht es manchmal ähnlich und ich freue mich auf diese Zeit, denn die Liebe dauert ewig und der sexuelle Teil ist nur ein Intermezzo und hat, abgesehen davon, dass dabei Kinder entstehen, längst nicht die Bedeutung, die ihm viele zuschreiben. Er ist in erster Linie nützlich, im Unterschied zur Liebe, der man Menschen wie Saffy und Toddy in seinem Leben zu verdanken hat.

Katrine war so traurig, weil sie unsere Halloween-Party verpassen würde, dass wir schließlich von der Idee abkamen und Mutter vorschlug, die Sache solle am 1. November stattfinden, also Allerheiligen, nur eben ohne Kürbisse, die wir dabei völlig unangemessen fanden.

Ich frage mich, vorausgesetzt ich wäre tot und dürfte einmal im Jahr unter die Lebenden, was mir dann lieber wäre: Dass ich, wenn ich zum Fenster hereinspähe, meine Nächsten lustig und vergnügt beim Spiel sähe oder ob ich mich weniger vergessen fühlte, wenn sie traurig um den Tisch säßen. Der November ist der falsche Monat für Allerheiligen wegen der kleinen, kalten Zweifel in den Herzen der Toten. Man hätte ihnen erlauben sollen, uns Lebende im Hochsommer zu besuchen, wenn sich kein Lüftchen regt, es nach heißem Gras und Wicken riecht und der Mond groß und bleich am Himmel steht. Vater hat uns besucht – aber auch nur ein einziges Mal – und benahm sich ganz natürlich, um uns nicht zu erschrecken. Er verbrachte den ganzen Abend in der Bibliothek, in einem seiner bequemen Anzüge, den ich schon fast vergessen hatte, aber sofort erkannte, als ich den Tintenfleck am Ärmel sah, der in der Reinigung einfach nicht herausgegangen war. Der Anzug hängt noch in seinem Schrank. Er sah sichtlich erfreut auf, als wir nacheinander vorsichtig zur Tür hereinspähten, und wir brachten ihm unsere Lieblingsspielzeuge und bauten sie so auf, dass er sich daran freuen konnte. Mutter zog uns unsere neuen Geburtstagskleider an, damit er die auch sehen konnte und meinte, wir sollten ihm erzählen, womit wir gerade beschäftigt seien und uns nicht darum kümmern, wenn er nicht antwortete.

Inzwischen wissen wir, dass Erscheinungen, die Miss Martin als »Geister« bezeichnen würde, sehr wohl mit einem sprechen können. Warum Vater uns nur ein Mal besucht hat, kann ich nicht sagen, aber wir sind ja immer hier, wenn er uns mal braucht und das weiß er.

Katrines letzte Tage zu Hause verstreichen. Ihr bevorstehender Abschied dringt jedoch nicht zu mir durch, weil ich ständig an die Toddingtons denke. Ich habe es ihr erklärt, und sie hat mich sofort verstanden. Lady Toddington hat uns zu einem Gegenbesuch eingeladen und als der Große Tag heranrückte, bekam ich es mit der Angst zu tun. Wieder ein schwieriger gesellschaftlicher Anlass – nicht zuletzt im Hinblick auf Sheil; Austen Charles ist seit Langem eine vertraute Figur für sie und wenn sie sich verplappert, kann das unvorhersehbare Folgen haben. Einen weiteren Todesfall wie den Saffyns können wir uns einfach nicht leisten …

Ich glaube übrigens, Sheil hat Verdacht geschöpft, was Saffyn angeht. Wir haben ihn wieder aus der Versenkung geholt (letzte Woche gab es einen Überraschungsbesuch zum Mittagessen), aber vielleicht hat sie etwas geahnt, damals, nach dem Urlaub in Yorkshire, als wir uns alle in Schweigen hüllten? Ich denke, Kinder spüren den Tod ebenso wie Katzen und Hunde.

Nicht zuletzt deswegen muss Toddy Sheil unbedingt sympathisch finden und sie doppelt lieben und Saffyns Verlust ausgleichen … und wir hatten endlich die nötigen Voraussetzungen geschaffen: Mildred, Mutter, Sheil und ich zu Gast im Haus der Toddingtons und Toddy wurde jede Minute erwartet. Alles wie schon hundertmal zuvor … mit mir in der ungewohnten Rolle der Vermittlerin. Buchstäblich alles war möglich. In dieser Gleichung mit vielen Unbekannten war nur Lady Toddingtons Zuneigung zu Sheil eine feststehende Tatsache.

Eine Schwierigkeit bestand darin, dass Mildred, bisher eine eher marginale Figur in unserem Spiel, zwangsläufig viel blasser geblieben war als Toddy. Wir hatten sie nach und nach zusammengebaut, und hätten wir nicht von ihrer Ehe mit Toddy erfahren, wäre Mildred vermutlich nie entstanden. Aber wir wollten uns fair verhalten. Es dauerte ein Jahr, um sie in die endgültige Form zu bringen und daran wird sich Sheil ebenso erinnern wie an unsere anfänglichen Schwierigkeiten mit der Persönlichkeit ihrer Gastgeberin. Bestimmt hat sie auch nicht vergessen, dass sie selbst, als wir auf Skye waren, Lady Toddingtons Alter auf vierundachtzig Jahre geschätzt hatte. Selbst dass Lady Toddington zum Tee bei uns gewesen war, hatte ihrer Figur keine wesentlich realistischeren Züge verliehen; wir hatten uns in Gastgeberinnen verwandelt, die einer Besucherin – unserer eigenen, vertrauten Mildred – Kuchen reichten.

Nacheinander betraten wir nun, Mutter voran, den Salon der Toddingtons. Sheil im elfengrünen Kleid nahm auf einem vergoldeten Stuhl Platz, legte die Hände dekorativ ineinander, und wartete, die Augen auf die Tür geheftet, schamlos auf Toddy, ein Verhalten, das glücklicherweise nur wir richtig zu deuten vermochten. Man kennt den Gesichtsausdruck aus Theaterlogen, wenn der Auftritt des Hauptdarstellers unmittelbar bevorsteht. Mutter gab sich gesellig, aber auch ein wenig spröde, was Katrine und ich als *Miss-Martinesk* bezeichnen, und während ich Lady Toddingtons Teetassen überreichte, herrschte in meinem Kopf ein einziges Durcheinander. Erst auf dem Heimweg kam mir in den Sinn, dass Sheil für diese Aufgabe geeigneter gewesen wäre.

»Sagen Sie, Sie haben noch eine Tochter, nicht wahr?« fragte Lady Toddington.

Sheil zuckte zusammen. Solche Schocks waren unvermeidlich und ich konnte sie nicht davor beschützen. Sie hatte Toddy oft ein wenig zerstreut mit

Katrine plaudern hören (»Wer ist die junge Dame? Bitte machen Sie uns doch miteinander bekannt«) und immer bewundert, wie Katrine ihn aufzog. Was Mildred auch sagte, sie würde zwangsläufig etwas zerstören. Das musste Sheil eben einfach durchstehen, es war der Preis der Realität. Aber sie war noch so jung …

Bald hörten wir Toddys Schritte auf der Treppe. Er schüttelte uns allen die Hand und begrüßte Sheil besonders freundlich und keinen Deut weniger höflich trotz ihres jugendlichen Alters, und sie wurde ganz blass. Ich wäre beinahe aufgestanden. Er richtete den Blick auf mich, die einzige, die er kannte, das war mein nicht ganz fairer Vorteil. Ich stellte Tasse und Teller ab und schrie innerlich: ›Erinnern Sie sich denn nicht? Das ist *Sheil.*‹

»Mildred, ich klingele nach etwas mehr Tee«, verkündete Sir Herbert. »Meiner ist schon recht kalt, ich bin ein bisschen spät dran.« Sheil wechselte einen Blick mit mir und dachte mit schief gelegtem Kopf über diese Bemerkung nach. Unter dem Vorwand, ihr ein Kuchenstück zu reichen, beugte ich mich zu ihr.

»Er muss *sprechen,* ganz von allein«, flüsterte ich ihr zu und sie entspannte sich sichtlich.

»Aber – er benimmt sich ja richtig *aufgeblasen*«, tuschelte sie.

»Mach das Beste draus. Du weißt doch, dass er sich gern wichtigtut. Denk nur an die Szene mit Katrine in der letzten Woche.«

Sheil lachte auf. Lady Toddington stellte rasch den

Teller ab und Sir Herbert trat zu uns, nahm den Kneifer von der Nase und zauberte mit dieser Geste ein strahlendes Lächeln auf Sheils Gesicht.

»Ich glaube, ich muss mich bei einer gewissen jungen Dame für einen Veilchenstrauß bedanken. Das war wirklich sehr lieb und nett von dir.«

Sheil beugte sich vor. »Haben Sie Henry die Blumen gezeigt?«, fragte sie mit ernster Miene.

»Äh, Henry?«

»Sie meint Mr. … « Ich hatte den Namen vergessen. »Ihren Mitarbeiter«, sagte ich etwas ratlos.

»Nicholls«, soufflierte Sheil.

»Mathewson. Nein. Nicht, dass ich wüsste. Das Geschenk einer jungen Dame, Sie verstehen schon …«

»Katrine meinte, er hätte gesagt, Sie dürften die Blumen nicht annehmen und dass ich eine Äußerst Merkwürdige Junge Person sei. Aber Katrine interessiert sich nicht für ihn. Sie hat keine Ahnung, was für ein netter Kerl er ist«, erklärte Sheil.

»Ja, ein sehr einnehmender Bursche«, stimmte Sir Herbert zu.

»Und ob!«, rief Sheil. »Es muss ja so wunderbar für Sie sein, dass er Ihnen immer Ihr Lieblingsmittagessen zusammenstellt. Ist er denn sehr enttäuscht, wenn Sie ins Garrick oder ins Athenelium gehen?«

Sir Herbert musste lachen. »Ich denke, er ist ganz froh, mich los zu sein. Ich bin nämlich ein schrecklicher alter Griesgram, weißt du.«

Sheil nickte. »Das sagen Sie immer.«

»Aber ich esse nicht oft auswärts.« (Ich vergaß für einen Augenblick meine Vermittlerrolle und beugte mich neugierig vor.) »Manchmal lasse ich mir nur schnell ein Kotelett in mein Büro bringen, aber noch häufiger esse ich in der Richterkantine. Die Küche dort ist recht ordentlich.«

»Kabeljau mit Krabbensauce«, sagte ich, »so gut und so günstig.«

Sheil lächelte wieder. »Die Lammzunge ist auch gut, aber nicht so günstig. Wir finden sie etwas zu teuer. Vielleicht sind die Zungen für Richter aber auch ganz spezielle Zungen.«

»Du liebes Bisschen«, sagte Sir Herbert. »Sie haben die Speisekarte in der Eingangshalle gelesen.«

»Aber ja. Deirdre erzählt uns immer, was Sie zu Mittag hatten, obwohl sie natürlich dachte, die Speisekarte wäre nur für Anwälte und Leute, denen egal ist, was sie essen. Wissen Sie, wir hätten nie gedacht, dass *Sie* gekochten Kabeljau essen würden.«

Das kühle Lächeln wirkte sehr freundlich. »Aber mein liebes Kind, ich esse die allergewöhnlichsten Dinge.«

»Das hat Mutter auch gesagt, aber ich kann es mir einfach nicht vorstellen.« Das Dienstmädchen servierte frischen Tee und Sheil sah sie nachdenklich an. »Sie hat nicht viel Ähnlichkeit mit Henderson«, bemerkte sie. »Aber das ist natürlich nicht so wichtig.« Ming kam hereingewatschelt, doch Sheil war vorgewarnt und nicht überrascht. Sir Herbert erkundigte sich, ob Sheil ein »Haustier habe« und diese förmliche, übliche Ausdrucksweise gepaart mit seiner empörenden Unkenntnis von Crellies Existenz stürzte uns in einen »freudianischen« Konflikt.

Ich hielt den Augenblick für gekommen, die Unterhaltung wieder in andere, weniger brisante Bahnen zu lenken. In ihrem gegenwärtigen Zustand brachte Sheil es durchaus fertig, Crellies sämtliche Ess- und Verdauungsgewohnheiten zu beschreiben.

»Ja. Crellie. Ein Drahthaarterrier«, erwiderte ich und Sheil blickte mich leicht vorwurfsvoll an. Dann legte sie ihre kleine Hand auf Sir Herberts Knie. »Macht Ming denn irgendwas Interessantes?«

»Nein«, gab Sir Herbert wie aus der Pistole geschossen zurück.

»Das haben wir uns schon beinahe gedacht, obwohl Katrine sagte, sie sei ziemlich sicher, dass er auf Leder herumkaut oder auf Kupfer hämmert. Wir haben nämlich eine Schwäche für Bottles.«

»Bottles? Welcher Bottles?«

»Ihr Bottles. Der Foxterrier. Dreht er nach dem Abendessen immer noch mit Ihnen eine Runde um den Platz?«

Ich wartete ab. Das sollten die beiden allein miteinander ausfechten. Früher oder später hatte es ja so kommen müssen.

Sir Herbert legte seine Hand auf ihre. »Verwechselst du mich vielleicht mit jemanden, liebes Kind?« Sheils Gesichtsausdruck verfinsterte sich und er blickte mich hilfesuchend an. Ich gab ihm schnell ein Zeichen, und offenbar erkannte er die Notlage.

»Bottles, hm, was für ein entzückender Name für einen Hund! Ich ahne schon, was mir alles ohne Bottles entgangen ist. Und was – äh, macht Crellie denn so?«

»Ach, nichts weiter«, erwiderte Sheil einsilbig.

»Er ist eher katholisch orientiert«, bemerkte ich leichtsinnig. »Nachdem er Papst war, pflegte er die Gottesdienste in St Albans in Teddington abzuhalten. Die Beichte hat er allerdings nie abgenommen.«

Sir Herbert machte ein skeptisches Richtergesicht und brach dann wieder in Lachen aus.

»Ein Dominikaner«, schlug er vor. »Domini canes – die Wachhunde des Herrn. Ich kann mir vorstellen, dass man lieber vor einem Terrier die Beichte ablegt, als zu schweigen, wenn man das Tier liebt.«

»Nichts für ungut, aber vor Ming könnte ich nicht beichten«, ließ sich Sheil vernehmen.

»Aber wieso eigentlich nicht?«, fragte Lady Toddington, die gerade gegen eine vorübergehende Gesprächsflaute mit Mutter ankämpfte. »Er ist doch ein Tempelhund.«

»Bravo, Mildred«, sagte Sir Herbert trocken und sie lief rosafarben an.

»Aber – das ist er doch.«

»Und sag' nicht ›eigentlich‹«, murmelte ich leise vor mich hin, ohne jemanden anzusehen.

»Meine persönliche Ansicht lautet: Es geht nichts über einen Hund als Gesellschaft«, verkündete Lady Toddington und ich sah hastig zum Fenster hinaus und zog Sheil zu mir heran. »Guck mal, was der Mann für einen ulkigen Hut aufhat!«, rief ich, drückte sie fest an mich und wir starrten auf die leere Straße hinunter und lachten weiter. Sir Herbert trat neben uns. »Ich sehe niemanden«, erklärte er. »Er ist um die Ecke gebogen«, gab ich mit fester Stimme zurück.

»Möchtest du nicht ein bisschen mit mir plaudern, Sheil?«, erkundigte sich Lady Toddington.

Sheil ging sofort zu ihr. Ich bin so dankbar, dass sie sich »trotz aller Versuchungen« nicht zu einem kleinen verwöhnten Biest entwickelt hat. Und außerdem hatte ich Toddy jetzt eine Weile ganz allein für mich.

14

Kaum zu glauben, wie nah er einem plötzlich war, unmittelbar in Reichweite. All die anderen waren auf sehr unterschiedliche Weise unzugänglich gewesen. Zum ersten Mal galt es, auf höfliches Benehmen zu achten und das gegen einen sprechende eigene Alter zu bedenken.

»Mein liebes Kind ... « Wie oft hatte er das nicht schon gesagt oder in seinen Briefen geschrieben. Jetzt war ich wieder Miss Carne.

Doch dann kreuzten sich unsere Blicke und ich begriff, dass er etwas im Sinn hatte.

»Habe ich mit meinen Bemerkungen über Hunde Ihre Schwester verletzt?«, fragte er.

»Das ist eine lange Geschichte. Wir haben einfach vergessen, dass Sie nicht über Crellie und Bottles Bescheid wissen.«

»Wir?«

»Ja. Sie hat noch weniger daran gedacht als ich. Aber ich bin auch an der Sache beteiligt.«

Er schwang zerstreut den Kneifer. »Ein Spiel?«

»Man könnte es so nennen.«

»Das klingt nach einer Fülle von Möglichkeiten. Ein Spiel ... hm ... und ich war der Spielverderber. Dabei möchte man ihr gern gefallen. Eine außerordentlich anziehende kleine Person. Aber warum sie sich für mich interessiert, ist mir wirklich ein Rätsel.«

»Sie denken: ›Heute habe ich eine Mutter in Haft geschickt, die ihr ungewolltes Kind über die Blackfriars Bridge geworfen hat und gestern habe ich einen Mann zu Tode verurteilt‹?«

»Ganz genau.«

»Aber das ist für uns bedeutungslos! Das gehört zu Ihrem Beruf …«

»Und wann, um das einmal so auszudrücken, vermischen sich Spiel und Wirklichkeit? Ab welchem Zeitpunkt kommt Mathewson dazu, der über mein Mittagsessen wacht? Und der Hund …«

»Crellie!«

»Das bezog sich auf Bottles«, konterte er knapp und ich lachte. »Wann übernehmen sie einen Part in der Geschichte?«

»Die ganze Zeit über, man weiß nie genau, wann. Es passiert einfach.«

»Und woher wussten Sie, dass ich Mathewson schätze?«

»Das hat sich allmählich entwickelt. Aber es war auch recht plausibel, oder etwa nicht? Die Idee stammt übrigens von mir«, fügte ich stolz hinzu.

»Aha …« Sir Herbert schob den Kopf vor und musterte mich eindringlich mit müden, freundlichen, braunen Augen. »Sagen Sie mir, womit war ich sonst beschäftigt?«

Ich nahm ihn absichtlich auf den Arm und gab ihm einen recht zutreffenden Überblick über seine öffentlichen Tätigkeiten der vergangenen sechs Wochen und vergaß auch nicht, seine trockenen, geistreichen Bemerkungen, die Premieren, die er besucht und die Anwälte, die er brüskiert hatte, zu erwähnen, woraufhin er sich entspannte, obgleich seine Miene grimmig blieb. »Sie sind eine gefährliche junge Dame. Aber das hatte ich nicht gemeint.«

Ich erwiderte sein Lächeln. «Ich weiß. Nun ... es gibt vieles, womit Sie beschäftigt sind.« (*Und manches davon dürfen Sie nicht erfahren, Toddy*).

»Habe ich mich beispielsweise einmal ungehörig verhalten?«

»Tss, tss, aber nicht doch! Natürlich kam es hin und wieder zu unschönen Szenen, etwa mit Dion Saffyn ...«

»Und wer ist ...?«

»Ein Pierrot. Er ist gestorben.«

»Warum hatten wir Streit?«

»Nun, Sie fanden, er sei nicht der richtige Umgang für uns.«

»Da hatte ich vollkommen recht.«

»Nein. Damals nicht. Was Saffy betrifft, haben Sie sich ausgesprochen unklug verhalten. Er war ein lieber Kerl. Und Sheil weiß noch nicht, dass er tot ist, deswegen kommt er immer noch zum Essen vorbei.«

Endlich sah mich Toddy mit jenem Ausdruck an, den ich schon so oft auf seinem Gesicht gesehen hatte. Wissen ... Vertrautheit ... grenzenlose wunderliche Weisheit. Mir wurde so leicht ums Herz, dass ich mich für einen Augenblick am Vorhang festhalten musste.

»Verstehe … und mit wem habe ich sonst noch zu tun? Bin ich mit jemandem befreundet, der noch am Leben ist?«

»Unbedingt! Sir Horatio Sparrow.«

»Das klingt doch schon besser. Er ist tatsächlich ein sehr guter Freund von mir.«

»Wirklich? Wie himmlisch!«

Er dachte einen Augenblick nach. »Übrigens, steckt meine Frau auch mit drin?«

»Ja.«

»Hmm … da bin ich froh«, sagte Toddy.

Ich sah hinüber zu Lady Toddington, die ihr Ehefrauengesicht aufgesetzt hatte. Mit einem Mal war ich wieder Miss Deirdre Carne.

Ich erinnere mich, dass wir auf dem Heimweg alle schweigsam waren. Ich überlegte, ob Toddy uns wohl anrufen würde, wie er es sonst zu tun pflegte, bevor wir zu Bett gingen, und dann fiel mir plötzlich auf, dass es mit diesen Ritualen nun, da wir die Toddingtons tatsächlich kennengelernt hatten, vorbei sein könnte. Vielleicht würden sich viele schöne, altvertraute Dinge ändern. Möglicherweise verloren wir mehr, als wir gewannen. Alles hing von Mutter und Sheil ab. Ich könnte natürlich weitermachen wie bisher … mich überkam eine irrationale Niedergeschlagenheit. Dieser Abschied von Toddy, einfach so mir nichts dir nichts hinausbefördert zu werden, war schmerzlich und lächerlich wie ein Streit zwischen Liebenden. Falls Lady Toddington wirklich beabsichtigte, die gekränkte Gattin zu spielen, mussten wir die ganze Geschichte unbedingt von Grund auf überarbeiten. Bereits in der Vergangenheit hatte sie, wie ich mich zu erinnern meinte, Anzeichen von Widerspenstigkeit gezeigt, wenn Katrine und ich Toddy geküsst und ihn liebevoll als altes Schätzchen bezeichnet hatten, aber bei diesen Gelegenheiten war Mutter immer sofort zur Stelle gewesen und hatte die Sache wieder ins Lot gebracht.

Die Toddingtons haben keine Söhne oder Töchter, sonst stünden sie im *Who's Who*. Würden sie sich vor allem zu Sheil hingezogen fühlen? Und würde mir das etwas ausmachen? Es ging vor allem darum, dass sie glücklich waren. Toddy wird vermutlich nie erfahren, wie viel Gutes er schon für mich getan hat. Und wie haben wir uns über Mildred amüsiert! Läuft die Bekanntschaft mit den Toddingtons lediglich darauf hinaus, »neue Freunde« zu finden? Ist es reiner Egoismus, an ihren Persönlichkeiten herumzubasteln? Wir haben so oft richtig geraten, dass es vielleicht gerechtfertigt ist. Mehr als einmal haben wir Toddy über Nacht zu einer öffentlichen Veranstaltung geschickt und am nächsten Morgen in der Zeitung gelesen, dass er tatsächlich dort war oder haben andere, ähnlich verblüffende Übereinstimmungen festgestellt. Außerdem ist da noch das Auskundschaften: Hat es einen erst einmal in den Lebensstrom einer Person hineingezogen, gerät man leicht mit Leuten in Kontakt, die bereits über Wissen verfügen. Ich habe bei den Florences' eine von Katrines Freundinnen an der Schauspielschule kennengelernt. Ihre Mutter hatte das Ferienhaus der Familie in Birchington einmal an die Toddingtons vermietet, und Lady Toddington beschwerte sich über das Badezimmer, weil es keinen Boiler gab.

»Ich mag Mildred«, sagte Mutter an diesem Abend.

»Ist das nicht schön? Wir fanden sie schließlich schon immer sympathisch«, erwiderte ich. »Über was habt ihr geredet?«

»Ach, hauptsächlich über dich und Sheil. Du hast dir Toddy geschnappt. Was hat der Gute denn gesagt?«

»Ich habe ihm von unserer Saga erzählt.«

»Das hast du *nicht*!« Mutter legte ihre Zigarette ab.

»Nur Bruchstücke.«

»Oh Gott!«

»Ich glaube, es gefällt ihm.« Mit einem Mal war ich sehr glücklich und wie stets in solchen Fällen setzte ich mich ans Klavier und improvisierte. (Ein Jahr später habe ich diese Melodie für mehr Geld verkauft, als ich je mit Schreiben verdient habe. Das beweist wieder einmal, wie bescheuert die Welt im Grunde ist.)

»Das klingt gut«, sagte Mutter. »Erzähl weiter.«

Miss Martin stand in der Tür. Mutter drückte hastig ihre Zigarette aus und ich hörte auf zu spielen.

»Oh, Mrs. Carne, es tut mir leid, dass ich Sie störe, aber könnten Sie zu Sheil hinaufkommen?« Wir sprangen beide auf die Füße. »Sie ist heute Abend so *schwierig*.« Daraufhin setzten wir uns beide wieder hin.

»Kommen Sie doch herein, Miss Martin. Was ist denn los?«

Miss Martin lief ziegelrot an.

»Ich – also natürlich denkt sie sich nichts dabei – aber – ich komme mir so dumm vor, das zu wiederholen –, aber sie will, dass Mr. Pipson kommt und bei ihr schläft.«

»Was für ein hübsches Paar die beiden wären«, bemerkte ich und Mutters feuchte Augen verrieten mir, dass sie sich kaum das Lachen verkneifen konnte. In großartig gespielter Effizienz und Tatkraft verließ ich das Zimmer samt seiner mit Entschuldigungen aufgeladenen Atmosphäre.

»Gibt es sonst noch was?« fragte Mrs. Carne.

»Nun, als ich Sheil fragte, ob der Nachmittag mit Lady Toddington schön gewesen sei, ist sie in Tränen ausgebrochen und wurde – also wirklich ...«

»Ah. So etwas habe ich mir schon gedacht«, erwiderte Mutter.

Über Agatha Martins Gesicht huschte Unverständnis, leichte Empörung und Groll. Sie hatte einen schrecklichen Tag hinter sich. Da waren noch die Briefe an Violet und Mabel zu schreiben, in denen nichts von ihrem Kummer stehen durfte ... der Brief von Arthur, in dem er seine Versetzung an ein Vikariat im East End ankündigte ... und das vertrauliche Angebot an Flossie, ihr ein Teil ihres Gehaltes zu geben. Außerdem war die alte Dame, für die Mabel arbeitete, gestorben und Mabel war stellungslos und zu Hause.

Agathas Augen füllten sich mit Tränen. Lautlos sagte sie zu Mrs. Carne: ›Sie sind eine Idiotin und Ihre Töchter lügen wie gedruckt. Das ist Ihre Schuld!

Sie untergraben meine Arbeit und bestärken die drei in ihren sinnlosen Wahnvorstellungen.‹ Ah, welche Wohltat es wäre, das zu sagen. Aber ihre Position und praktische Überlegungen zwangen sie zu einer anderen Antwort. Sie freute sich zumindest über den kühlen Ton, den sie anschlug.

»Tatsächlich? In diesem Fall hätten Sie mir vielleicht einen kleinen – Hinweis geben können?«

»Aber ich bitte Sie, Miss Martin, ist das denn so wichtig? Sie wissen doch, wie Kinder sind. Ich war in diesem Alter sehr ähnlich.«

(Das überrascht mich nicht.) »Richtig. Aber – halten Sie es wirklich für das Beste, diese Scheinwelt noch zu unterstützen?«

(Ich weiß, ich sollte das nicht sagen, aber bei Frauen, die wie geröstete Hasen aussehen, reißt mir einfach die Geduld.)

»Ach, lassen wir die Kinder doch so lange wie möglich in ihrer Märchenwelt. Es ist noch Zeit genug, bis sie mit einem Plumps auf dem harten Boden der Wirklichkeit landen.«

(Anscheinend landen sie dort aber nicht, dummes Weib. Nur Katrine kommt in letzter Zeit allmählich zur Vernunft, aber sehen Sie sich doch mal Deirdre an.) »Ich verstehe.«

(Ha! Von wegen! Ich wünschte, Sie würden verschwinden!)

(Es ist lächerlich und gefährlich obendrein. Wie soll man Kinder vernünftig erziehen, die in dieser Atmosphäre aufwachsen?)

Miss Martin verließ das Zimmer.

15

Am Abend waren sie nicht verabredet und nach dem Essen gesellte sich Sir Herbert zu seiner Frau in den Salon. Die Mahlzeit war schweigsam verlaufen; vielleicht auch wegen des Kontrastes zu den jungen Stimmen, die noch im Haus nachzuhallen schienen. Mildred verhielt sich ihm gegenüber nervös, was er nicht ausstehen konnte. Sie spürte seine Enttäuschung und das steigerte ihre Nervosität. Sie war in einen ihrer ›Herzschmerz‹-Romane vertieft, wie er diese Machwerke insgeheim bezeichnete. Sonderbar, wie nahtlos sich Frauen an gesellschaftliche Anforderungen anpassten und trotzdem geistig auf der Stelle traten. Die kleine Sheil … ein hübsches Ding! Sie wollte mit ihm spielen … und Miss Deirdre … welch eine Gefährtin! Ihre Unerschrockenheit war äußerst erfrischend für jemanden, der dienstbeflissene Ehrerbietung so satthatte. Es war nicht immer einfach, Beruf und Titel zu Hause abzustreifen, und er fragte sich zum ersten Mal, ob es sein könne, dass er Mildred schikanierte. Seit einiger Zeit schien sie mit seiner Art nicht mehr zurechtzukommen, obwohl sie, wenn er sie ermutigte, ihre Zurückhaltung gelegentlich aufgab.

Sparrow verstand, was in ihr vorging, aber die beiden waren alte Freunde und nicht miteinander verheiratet. Sir Herbert wusste, dass Sparrow nicht viel von Frauen hielt – mit Ausnahme von Mildred –, während er selbst für das weibliche Geschlecht eine seltsame Zärtlichkeit und Bewunderung empfand, die wohl angeboren war, ansonsten hätten seine Erfahrungen bei Gericht ihn längst eines Besseren belehren müssen. Für Frauen hatte er das Recht schon sehr großzügig ausgelegt. Dann fielen ihm der gekochte Kabeljau und das Athenelium ein und er kicherte.

Mildred rutschte das Buch aus der Hand. Als er sich bückte, um es aufzuheben, sprang ihm der Titel ins Auge. *Das Leben der Charlotte Brontë*, von Mrs. Gaskell. Er reichte es ihr, ohne eine Miene zu verziehen. Mildred war rot angelaufen. Er hätte sie gern gefragt, wie ihr das Buch gefiel, wollte aber nicht gönnerhaft klingen. Mildred reagierte sehr empfindlich, was ihre geistigen Fähigkeiten betraf. Früher hatte er sie damit aufgezogen. Sie kam seiner Frage zuvor und sagte abwehrbereit: »Ausnahmsweise kein Edgar Wallace, Herbert!«

»In der Tat, meine Liebe.«

»Man darf bei deiner armen Frau noch auf einen Schimmer von Intelligenz hoffen, hm?«

»Ach, komm!«

»Und wohin soll ich kommen? Ich wünschte, du würdest solche Phrasen nicht privat verwenden.«

»Lass uns nicht streiten.«

»Gut. Aber du hältst mich nun mal für eine komplette Idiotin, nicht wahr?«

»Ganz im Gegenteil. Ich halte dich auf deinem Feld für eine sehr fähige Frau.«

»Mit anderen Worten: Ich weiß gerade genug, um keinen Käse zum Fisch zu servieren.« Hinter dem Zwicker funkelten seine Augen belustigt. »Na schön … lasst dem Dorftrottel seinen Willen, dann habt ihr Ruhe. Du musst jedenfalls zugeben, Herbert, dass ich einen Tick vorzeigbarer bin als diese Chesterfield-Sofas, mit denen deine Kollegen verheiratet sind.«

»Liebe Mildred, bitte sei doch so gut und streite nicht mit mir.«

» … und jetzt erlebe ich mein Waterloo mit dieser Miss Carne.«

»Liebes Kind!«

»Irgendwann musste das ja passieren.« Dieser Satz, dachte ihr Mann, war ein typisches Beispiel dafür, wie Mildreds Verstand funktionierte: Zu sachlich, um dramatische Ängste zu hegen, aber intelligent genug, um seine geistige Nähe zu einer anderen Frau als die größere Bedrohung zu fürchten.

»Es wäre schon einmalig, wenn ich in meinem Alter noch Frauenherzen erobern würde.«

»Ich weiß nicht. Du siehst sehr gut aus, Herbert. Als junger Mann warst du eher unscheinbar, aber inzwischen hat dein Gesicht Charakter.« Den Folgesatz ›Deirdre Carne betet dich an‹ verschluckte sie gerade noch rechtzeitig. Frauen verrieten einander nicht, auch nicht an den eigenen Ehemann.

»Man könnte also eher sagen, dass ich Kaviar fürs Volk bin …«

»Man zieht sich nicht eine Dreiviertelstunde lang mit Kaviar in die Bibliothek zurück«, erwiderte sie.

»Waren wir so lange dort?«

»Ja, glaub mir. Die Zeit verging wie im Flug und so weiter.«

»Nun, da waren die üblichen Verdächtigen im Spiel. Bücher.«

»Ihr habt doch nicht die gesamte Zeit über *Bücher* geredet – Herbert, *worüber* habt ihr geredet?«

»Wir haben uns über Emily Brontë ausgetauscht.«

»Ja, so viel weiß ich auch.« Ihr war sofort klar, dass sie sich verraten hatte, und sie schob das Buch diskret unter ein Kissen. »Als ich kam, wart ihr gerade mitten in der Diskussion.«

»Vorsicht, Mildred, das ist eine Erstausgabe! Wo hast du die gefunden?«

»Lag auf dem Tisch, als wir alle hinausgingen«, erwiderte sie knapp.

»Ich hoffe, wir freunden uns mit den Carnes an und wäre todunglücklich, wenn dir die junge Dame missfällt«, erklärte Sir Herbert.

»Aber nein! Ich mag sie sehr gern.« Sie wirkte leicht empört.

»Das freut mich, Mildred! Man spürt, dass sie dich bewundert und gernhat.«

»Das war auch mein erster Eindruck.« Sie fuhr sich wie ein Schulmädchen über das wassergewellte Haar. »Herbert – schließ mich bitte nicht aus. Ich habe es satt, eine Gastgeberin zu sein, die man ertragen muss und dass ich mich immer so pompös und aufgeblasen geben soll und keinen Spaß haben darf. Ich amüsiere mich ausgesprochen *gern* und Deirdre Carne ist jemand, mit dem man Spaß haben kann. Sie schien mich zu mögen und ich dachte, endlich eine

Frau, mit der man herumalbern und diese schlauen Witze reißen kann, bei denen der Groschen erst nach einer Weile fällt. Jemand, der es nicht weiter schlimm findet, wenn man sich gelegentlich mit zusammengesetzten Verben vertut. Oder die kleine Sheil … aber dann haben sie sich auf dich gestürzt und ich war außen vor. Meinetwegen kannst du Deirdre für dich allein haben – aber schließ mich nicht komplett aus.« Eine Träne rollte ihr über die Wange.

Verblüfft und wahrhaftig gerührt trat Toddington zu ihr und legte den Arm um sie.

»Liebe Milly-Mill, niemand will dich ausschließen! Das weiß ich genau, denn Miss Deirdre persönlich hat es mir gesagt.«

»Wie meinst du das?« schnüffelte sie leise, den Kopf an seiner Schulter.

»Wir spielen in ihrer Familiensaga mit. Sie haben sich eine Geschichte über uns ausgedacht«, er schmunzelte kurz, »und du bist mittendrin.«

»Und was mache ich dabei?«, fragte sie neugierig.

»Die Frage habe ich mir auch gestellt. Ich kenne den Umfang *deines* Wirkungsbereiches noch nicht (das finden wir noch heraus), aber ich selbst befinde mich in einem Verhältnis totaler Abhängigkeit zu Mathewson, der die Mahlzeiten für mich auswählt und habe einige unschöne Zusammenstöße mit einem verstorbenen Pierrot.«

Lady Toddington brach in lautes Gelächter aus.

»Da habe ich noch was Besseres – obwohl Sheil sofort beteuerte, sie würden nicht ernsthaft daran glauben. Offenbar hast du dich einmal geweigert, an der Prozession der Richter am Michaelstag teilzunehmen; du hast dir eine Erdhöhle gegraben und dich dort versteckt. Als Tarnung für deinen Kopf musste ein Pilz auf der Perücke herhalten. Dich nennen sie Toddy und mich Lady Mildred.«

Er setzte den Zwicker ab. »Augenblick, das musst du mir erklären. Wozu der Pilz?«

»Damit man dich nicht sieht, Dummchen. Durch diesen Pilz auf dem Kopf bist du im Wald nicht zu sehen. Ach, herrlich! Ich hab das sofort verstanden.«

«Ha. Und meine Tarnung war erfolgreich?«

»Und ob!«, erklärte sie triumphierend. »Herbert, hast du die Carnes tatsächlich jeden Abend angerufen oder gehört das auch zum Spiel?«

Ihre beunruhigte Miene brachte ihn zum Lachen.

»Allmählich kommen mir Zweifel. Seit wann rufe ich sie denn an?«

»Das weiß ich nicht. Offenbar schon seit längerer Zeit.«

»Dann wollen wir das nicht weiter infrage stellen. Mildred, wir haben eine Menge Spaß verpasst, nicht wahr?«

»Oh ja, da hast du recht.«

Er schritt in jenem berühmten, steifbeinigen Stechschritt auf und ab, mit dem er den Gerichtssaal zu betreten pflegte, bevor er sich wie ein Klappmesser vor den Geschworenen verbeugte.

»Beim Tee heute Nachmittag habe ich mir einen Ausrutscher geleistet. Hmm ... Ausrutscher ... das hat eine Zeugin letztens gesagt, ich fand die Wendung sehr geglückt ... Ausrutscher ...«

»Herbert! Erzähl endlich weiter!«

»Nun, wir haben offenbar einen Hund namens Bottles …«

»Ja, ich weiß.« Sie zappelte vor Ungeduld.

»Ach, du hast davon gehört? Mir war die Situation nicht ganz klar, als ich mit der Kleinen sprach …«

»Oh Herbert, du Einfaltspinsel!«

»Ich weiß, äußerst bedauerlich. Sollten wir uns einen Terrier anschaffen und ihm den Namen …«

»Nein, das wäre nicht das Gleiche. Da bin ich mir sicher, auch wenn ich es nicht erklären kann. Bottles müssen wir gemeinsam streichen. Vermutlich hat sie nichts über Ming zu dir gesagt?«

«Äh … nein. Nicht, dass ich wüsste.«

»Der arme alte fette Hund von Mildred! Eine taube Nuss, genau wie sein Frauchen.« Sie lächelte ihn an.

«Seltsam, welche Gefühle der Unzulänglichkeit sie in einem wecken.«

»Das renkt sich schon ein«, erwiderte sie gelassen. »Und wir werden bestimmt Spaß haben.«

»Unbedingt, ja.«

»Nicht nur die Brontës und hochtrabende Gespräche, Herbert?« Sie legte ihm die Hände auf die Schultern.

»Um Himmels willen, meine Liebe. Ich möchte mich amüsieren. Das wird uns beiden guttun. Ich bin fest entschlossen!«

»Wie nett!«

»Nicht nett, Milly! Nett, das bedeutet unwissend, dumm, töricht, sinnlos, verwöhnt, vorsichtig, subtil, appetitlich, schwer zufriedenzustellen und so weiter.

Du liebes Bisschen! Wie kann denn mein Wunsch, mich zu amüsieren, vorsichtig oder appetitlich sein? Dumm vielleicht schon oder unwissend ...«

Sie zwickte ihn in die Wange. »Lieber Herbert – geh zum Teufel und bleib dort.«

Einen Augenblick lang blickte er sie mit seinem Schildkrötengesicht – wie sie es insgeheim nannte – an: Die Augen verengten sich zu Schlitzen, die zusammengepressten Lippen wurden zu einem Strich. Dann fing er an zu kichern.

»Ich zwicke dich zu gern in die Wange«, sagte Lady Toddington. »Es fühlt sich so elastisch an. Ich hoffe, meine Wangen sind auch noch so elastisch, wenn ich so alt bin wie du. Aber dann wird mich wahrscheinlich niemand mehr in die Wange zwicken, das gehört sich nicht bei älteren Damen.«

»Mill, lass mal diesen Unsinn und beichte mir.«

»Was denn?«, fragte sie munter.

»Was du vom Leben der Brontës hältst?«

Sie zögerte kurz. »Ach, dieses ganze Aufhebens um die Brontës! Ich bin zu Tode gelangweilt! Ich habe gehofft, es würde mich bilden, weil ...«, sprudelte es aus ihr heraus.

»Ich weiß. Und dass du es zugibst, spricht für deine Courage. Zur Hölle mit den Brontës!«

»Du glaubst es vielleicht nicht, Herbert, aber ich habe dich sehr gern.«

»Ich habe immer befürchtet, du würdest dich mit mir langweilen, Mildred. Meine festgefahrenen Gewohnheiten und so weiter ...«

»Hurra! Darauf trinken wir!«

»Für mich bitte nur ein kleines Glas. Ich bin nicht so trinkfest wie ihr Damen.« Mit den Gläsern in der Hand setzten sie sich.

»Was sollen wir jetzt machen?«

»Ruf sie an – wie immer«, schlug Lady Toddington vor.

»Im Ernst?«

»Warum denn nicht?«

»Man will sich ja nicht aufdrängen. Wir kennen einander doch kaum.«

»Wir sind offenbar mehr als nur flüchtige Bekannte. Liebling, wir werden diese Kinder verlieren, wenn wir nicht aufpassen.«

»Hm … ich verstehe, was du meinst. Aber sieh mal, Mill, nehmen wir mal an, ich befolge deinen Rat … was wollen wir denn sagen?«

»Darüber sollten wir nachdenken, da hast du recht.«

»Es muss jedenfalls etwas vollkommen Fantastisches sein. Sollten wir Miss Deirdre und Sheil zum Tee in die Westminster Hall einladen, um angemessene Kleidung wird gebeten? Oder zu einer Partie Schlagball im Inner Temple mit Hewart und vielleicht noch mit Eve und Scrutton?«

»Ha! Wie süß! Aber ich glaube, das ist nicht ganz das Richtige … Es ist wirklich kein einfaches Spiel, Herb, nicht wahr?«

»Sehr vertrackt, ja.«

Während er nachdachte, zauberte das Licht einen silbernen Schimmer auf sein graues Haar.

16

»Nun, du heimliche schwarze Mitternachtshexe«, raunte ich und tastete mich ins nächtliche Kinderzimmer.

»Oh, Deir. Bin ich froh, dass du es bist!«

Ich setzte mich auf ihr Bett. »Du hast Miss Martin auf dem falschen Fuß erwischt.«

»Ich hab doch nur gesagt, dass Pipson kommen und bei mir schlafen soll. Das wäre doch bestimmt sehr beruhigend, findest du nicht auch?«

»Hm ... ich versteh dich ja«, räumte ich vorsichtig ein. Pipsons einstige Rivalen, eine einäugige Plüschkatze und ein Kaninchen mit rosafarbenen Samteinsätzen an auffälligen Stellen, lagen auf dem Boden. Die Katze hatte früher mir gehört, und ich hatte sie bis zu meinem vierzehnten Geburtstag jeden Abend mit ins Bett genommen. »Trotzdem solltest du solche Sachen lieber nur zu uns sagen«, schlug ich vor.

»Warum? Ist es unanständig?«

«Ein bisschen. La Martin gehört nicht so richtig zu uns und deswegen versteht sie das nicht.«

»Stimmt. Die hat sich vielleicht aufgeführt! Als hätte ich was ganz Ruchloses gesagt.«

(Von wegen.) »Warum sollte Freddie denn zu dir kommen?«

»Es ist wegen Toddy. Früher hat er sich immer auf die Bettkante gesetzt und mich vor dem Einschlafen umarmt. Aber jetzt geht das nicht mehr.«

»Aha? Und wieso nicht?«

»Ich bin ihm doch egal. Er hat sich *sehr* verändert. Beim Tee hat er mich ganz förmlich mit ›Guten Tag‹ begrüßt.« Eine Träne tropfte auf meine Hand. Ich überlegte rasch. »Vielleicht hat er Angst gehabt, Mildred könnte eifersüchtig werden?«, sagte ich.

»Nein, das war's nicht. Es hätte alles so himmlisch sein können, aber er hat sich einfach komisch benommen. Er ist bloß ein dummer alter Mann.« Sie schrie beinahe.

»Aber Sheil! Toddy ist doch ein richtiger Schatz.« Natürlich verstand ich, was sie meinte. »Pass auf, du Racker, du kleines Ekel, du garstige Hündin«, sagte ich, »du bist einfach nur böse. Du hast Toddy lieb ...«

»Das weiß ich jetzt nicht mehr.«

»... und bist einfach gemein zu ihm. Was würde er wohl sagen, wenn er wüsste, dass du ihn wegen einer läppischen Einladung zum Tee abserviert hast?« Das schien ihr einzuleuchten. »Er hat keine Söhne oder Töchter und wir sind alle der Meinung, er hätte gern welche, können wir ihm da nicht entgegenkommen?«, fuhr ich fort.

»Aber das ist doch *sterbenslangweilig*!«

»Nicht unbedingt. Vater fand *uns* niemals langweilig und er war wirklich herzensgut. Mir hat er immer gesagt, für eine junge Frau sei ich der netteste Mann, den er kennen würde. Und als Katrine die Windpocken hatte, hat er sich einen Wischmopp auf den

Kopf gesetzt und eine gelungene komische Nummer zum besten gegeben.«

»Ob er mich wohl auch gern gehabt hätte?«

»Liebes Kind, bitte spiel hier nicht die Kleine Waise Annie, das passt überhaupt nicht zur dir. Du weißt genau, wie gern er dich hatte.« Erleichtert hörte ich ihr leises Lachen. »Also vergiss nicht: Toddy ist ein Schatz. Und er mag dich übrigens sehr gern.«

»Liebt er dich, Deir?«

»Das glaube ich kaum.«

»Und wann fängt er wieder an, uns zu lieben?«

Diese Frage hatte ich mir auch schon gestellt.

Rasche Schritte auf der Treppe, dann stand Mutter in der Tür und knipste das Licht an. Auf ihrem Gesicht lag dieser besondere Ausdruck, der nichts Gutes verheißt und den Katrine und ich mit bevorstehendem Ärger in Verbindung bringen.

»Toddy hat angerufen!«

»Was möchte er denn?«, fragte ich erleichtert und überrascht von Mutters Taktlosigkeit. Ich signalisierte ihr lautlos, dass wir uns mitten in einer schweren Krise befanden, aber ausnahmsweise lief die Botschaft ins Leere.

»Er ist noch am Telefon.«

»Sag ihm, es ist längst Schlafenszeit für ihn«, erwiderte ich brummig. »Saffy liegt schon seit zehn Minuten im Bett.«

»Ist Polly nicht zu Hause?«, fragte Sheil leise.

»Sie ist im Berkeley zum Abendessen eingeladen, mit ein paar …«

»Jetzt kommt schon!« Mutter zerrte an uns herum.

»Was willst du eigentlich?« Vor Müdigkeit war ich unwirsch, die Einladung zum Tee und Sheil hatten mich erschöpft. Mutter setzte ihr *martineskes* Gesicht auf und lächelte verlegen.

»Er hat tatsächlich angerufen. Er möchte mit dir oder Sheil sprechen.«

»Waaas?«

»Los, beeil dich, mein Schatz.«

»Das glaub ich einfach nicht.«

Wir holten Sheil aus dem Bett und dann – sträubte sie sich: weigerte sich einfach rundheraus, leistete entschlossenen, tränenreichen, zitternden Widerstand. Sie war obendrein verängstigt. Ich sah ihr an, welche inneren Kämpfe sie ausfocht, wie erstaunt sie war, als ihr allmählich aufging, was Mutter uns gerade mitgeteilt hatte.

»Geh schon mal vor. Wir kommen gleich«, sagte Mutter zu mir, mit kurzem Kopfnicken in Richtung Telefon.

»Hallo«, meldete ich mich.

»Ah, Miss Carne, sind Sie das?«

»Ähm, hier ist Miss Deirdre Carne.«

»Würden Sie mich für sehr rücksichtslos halten, wenn ich Sie bitte, Sheil etwas auszurichten?«

»Oh nein, nein, überhaupt nicht ...«

»Also ... hm. Ich habe heute Nachmittag dummerweise nicht erwähnt, dass Mathewson – kurzum, er hat sich freundlicherweise heute um die Auswahl meines Mittagessens gekümmert. Ich hatte einen sehr schwierigen Fall und er fand, dass ich dringend eine besondere Stärkung nötig hatte.«

»Wie nett von ihm! Er ist eben ein Schatz.«

»Nett … hm … ja, ganz richtig, ein ungemein patenter Bursche. Er hat ein ausgezeichnetes Festmahl für mich aus dem Hampton Court Palace anliefern lassen, und zum Nachtisch gab es Trauben von den berühmten königlichen Weinstöcken.«

»Oh nein, Sir Herbert. So was würde Mathewson nie tun. Kleinigkeiten aus dem Simpsons oder der Cock Tavern vielleicht, aber nicht die Trauben von George V.«

»Oh weh … ich verstehe.«

Ich warf einen prüfenden Blick zur Treppe hinüber und legte dann die Lippen ganz nah an die Sprechmuschel. »Sir Herbert – ich kann nicht so laut sprechen, hören Sie mich?«

»Ja, oh ja.«

»Nun, das ist nicht ganz das Richtige. Ich meine, Sheil weiß so gut wie ich, dass Hampton Court verkehrt ist. Erzählen Sie ihr doch einfach, was wirklich passiert ist. Egal, was. Das ist die einzige Möglichkeit. Ob Sie Kekse in Reichweite neben Ihrem Bett liegen haben oder ob Sie Erster Klasse reisen und solche Dinge. Wir platzen nämlich vor Neugier, gerade diese Kleinigkeiten zu erfahren.«

»Dann bin ich noch nicht völlig inakzeptabel?«

»Das glaube ich nicht.« Aus dem Augenwinkel sah ich die beiden Damen herannahen. Jetzt hieß es alles oder nichts. »Hier ist Sheil, Toddy«, verkündete ich aufgeregt. Der Ausdruck auf Sheils Gesicht war vielversprechend. Ich drückte ihr den Hörer in die Hand. *(»Sag ›Hallo‹!«)*

»Hallo«, erklärte Sheil zögernd.

»Mein liebes Kind, habe ich dich etwa aus dem Bett geholt?«

»Ja. Wie geht es Ihnen, Sir Herbert?« (*Diese verflixten Kinder!)*

»›Sir Herbert‹? Was soll das heißen?« Sheil strahlte, als sie seinen beleidigten Ton hörte. »Wie geht's, Toddy?«

»Ich habe gerade einen Whisky Soda getrunken und gehe gleich schlafen. Lady Mildred hat sich auch ein Gläschen genehmigt.«

»Wirklich?«

»Ehm, ja. Sie hat gelesen und dann haben wir uns unterhalten.«

»Ich verstehe.«

»Und dann kam Ethel rein und ist mit dem Hund Gassi gegangen.«

»Wer ist Ethel?«

»Unser Dienstmädchen. Wir bezahlen ihr fünfundfünfzig Pfund im Jahr.«

»Oh, danke. Das interessiert mich nicht. Sie meinen das Henderson-Dienstmädchen?«

»Äh, ja, richtig, Henderson … wann sehen wir dich denn einmal wieder, Sheil?«

»Vermutlich wollen Sie heute Abend nicht mehr zu uns rüberkommen, oder?«

»Ich bin schon fast im Bett, Liebes. Aber ein anderes Mal gern.«

Schrilles Gelächter drang an sein Ohr, und er warf seiner Frau einen strengen Blick zu.

»Kommen Sie dann auch *wirklich*?«

»Ja, vorausgesetzt, eine Begegnung mit diesem Saffyn bleibt mir erspart.«

»Den können Sie ja wirklich nicht leiden!«

»Ich verschwende keinen Gedanken an ihn. Ich weigere mich lediglich, gesellschaftlich mit ihm zu verkehren«, gab Sir Herbert steif zurück und wieder ertönte helles Gelächter.

»Ach, Sie sind so süß! Welche Farbe hat Ihr Schlafanzug, Toddy?«

Leise stöhnend lehnte sich Mrs. Carne an das Treppengeländer.

»Er ist aus rotem Satin, mit zweireihigen Goldknöpfen.«

»Das kann nicht stimmen. Das *wissen* Sie. Katrine denkt, Sie kaufen bei Swan & Edgar ...«

»Katrine? Wer ist die junge Dame ...«

»Ha, ha, ha! Soll ich Sie wieder miteinander bekannt machen, Toddy?«

»Ich bitte darum.«

»Meine Schwester – Miss Katrine Carne. Sir Herbert Toddington. Katrine hat gar nichts über Ihre Schlafanzüge gesagt, das war – das war jemand anders. Darf ich nach den Farben fragen?«

»Ach wirklich, mein Kind. Einige sind lavendelfarben und einige grün.«

»Im Sommer aus Seide, im Winter aus Wollseide?«

»Darf ich einmal fragen, was *du* trägst?«

»Nur mein Hauskleid und den blauen Morgenmantel.«

»Das steht dir bestimmt sehr gut.«

»Ach wo, überhaupt nicht. *Unsere* Sachen sind

nicht interessant. Aber der lavendelfarbene Schlafanzug ist bestimmt wunderschön ... und bitte, welches Buch hat Lady Mildred gelesen?«

»Das Leben der Charlotte Brontë.«

»Wissen Sie, ob wir dieses Buch auch haben?«

»Davon bin ich überzeugt. Frag Miss Deirdre.«

»Dann lese ich es sofort, wenn Mutter mir das erlaubt. Lebt sie noch?«

»Nein.«

»Ich dachte, sie wäre vielleicht eine von diesen Schriftstellern – wie Thomas Hardy –, die so klingen, als wären sie schon längst tot, bevor sie gestorben sind.«

»Sehr verehrte Sheil, wir sollten uns unbedingt bald wiedersehen.«

»Möglichst bald!«

»Bestelle Miss Deirdre meine besten Grüße.«

»Das mache ich.«

»Ich muss jetzt Schluss machen, meine Liebe.«

»Haben Sie gegähnt? Ich hab Sie schon mal dabei ertappt.«

»Ich bekenne mich schuldig.«

»Dann darf ich Sie nicht länger aufhalten, sonst macht Lady Mildred mich ruckzuck zur Schnecke. Gute Nacht, Austen Charles.«

»Wie bitte? Werde ich so genannt?«

»Nicht, wenn Sie was dagegen haben. Das ist mein persönlicher Name für Sie.«

»Hm ... nicht übel. Ein guter Name. Ich kenne bestimmt viele wichtige Leute. Schlaf gut, meine Liebe.«

»Sie auch.«

Im Salon blickten die Toddingtons einander an.

»Herbert, du siehst richtig erschlagen aus.«

»Eine Stunde bei Gericht ist weniger anstrengend als so ein Gespräch. Aber ich habe mich ganz wacker gehalten.«

»Mit einigen kleinen Ausrutschern hier und da, hm?«

»Richtig.«

17

»Was für ein Schatz!«, sagte ich, während Sheil andächtig den Hörer auflegte. Doch Mutters Miene bedeutete mir unmissverständlich, dass es noch einiges zu klären gab, bevor ich zu Bett gehen konnte, und ich war doch so entsetzlich müde …

Wie immer, wenn sie unsicher ist, versuchte Mutter, die Angelegenheit mit einem Lachen abzutun.

»Sheil, was hat er denn nur gesagt, als du ihn nach seinem Schlafanzug gefragt hast?«

Einen Augenblick lang erlosch das Leuchten in Sheils Augen.

»Da hat er mich verkohlt. Er sagte, der wäre aus rotem Satin mit Goldknöpfen. Solche Witze kann ich nicht leiden. Das sieht Toddy überhaupt nicht ähnlich. Und natürlich hast du recht gehabt, Mutter. Im Winter trägt er Wollseide.«

Wir begleiteten Mutter, immer noch lachend, an die Tür ihres Schlafzimmers. Ich blieb kurz stehen, vollführte einen spanischen Tanz und schnippte mit den Fingern, während Sheil sich trollte und sang »*Je connais une belle mondaine*«. Katrine hatte uns in ihrem Zimmer gehört und stimmte voller Elan mit »Ah, *comme elle est chic*« ein.

Und dann, mitten im Geschehen, stand Miss Martin plötzlich vor uns, in ihrem bis oben zugeknöpften graubraunen Morgenmantel. Offenbar hatte sie Kreislaufprobleme. Und sie sah äußerst verkniffen aus.

»Deirdre! Wie können Sie das Kind so spät herumlaufen lassen? Es ist schon nach zehn Uhr.«

Sheil strahlte. »Um diese Zeit ruft er doch immer an, Miss Martin« sagte sie und hopste ausgelassen herum.

»Lass das. Was soll das heißen?«

»Austen Charles! Er hat gerade angerufen! Ich brauche Freddie Pipson nicht mehr.«

»Still! Hör sofort damit auf.« Ihre Stimme klang schrill.

Sheil erstarrte und sah verschüchtert aus. Diesen Ton, dieses Benehmen waren wir nicht gewohnt. »Warum erzählst du solche Geschichten?«

»Aber es stimmt, Miss Martin«, sagte ich.

»Ich spreche nicht mit Ihnen, Deirdre. Geh sofort ins Bett, Sheil.«

Meine kleine Schwester lief rot an. »Er hat angerufen und seine Schlafanzüge sind lavendelfarben und grün, und er hat was getrunken und er und Lady Mildred gehen jetzt ins Bett.«

»Mir hat er erzählt, dass Mr. Mathewson ihm ein paar Trauben vom Hampton Court Weinstock bringen wollte«, fügte ich betont freundlich hinzu. Sollte Miss Martin doch richtig wütend werden.

Und dann geschah etwas Unvorstellbares. Miss Martin hob die Hand. Gerade noch rechtzeitig erwischte ich ihr Handgelenk. Mit knapper Not davongekommen. So etwas war uns noch nie passiert.

»Es ist aber wirklich schon spät!«, stammelte ich

und tat so, als würde ich die Zeit auf ihrer Armbanduhr ablesen. »Sheil, Toddy liegt schon längst im Bett und er hält dich für eine sehr Ungezogene Junge Dame, wenn du dich nicht schleunigst auch dorthin verziehst.«

Ich glaube nicht, dass Sheil die Situation erfasst hatte. Sie war in Gedanken wieder mit dem Anruf beschäftigt, das sah ich ihr deutlich an.

Miss Martin und ich blieben im auf dem Treppenabsatz zurück. Sie wirkte verwirrt und ängstlich und ich verlor beinahe die Nerven, als sie zu wimmern anfing – ein einziger lang gezogener Ton. Es hörte sich an wie ein Tier.

Mir fiel nichts ein, was ich hätte sagen könne. Man kann einer wesentlich älteren Frau ja keine Vorwürfe machen.

»Das ist Ihre eigene Schuld«, murmelte sie vor sich hin.

»Miss Martin, Sie sind ja verrückt.«

Ihre matten Augen sahen erschrocken aus. »Sagen Sie das nicht! Falls ich verrückt werde, dann nur … wegen Ihrer ganzen Familie. Ihr seid alle so sonderbar.«

»Aha, das ist der Grund. Deswegen wollten Sie mich schlagen?«

»Ich habe mich entschuldigt. Ich fühle mich nicht gut.«

»Sie sehen jedenfalls schlecht aus, Miss Martin. Ich bin zum Umfallen müde, aber Sir Herbert hat tatsächlich angerufen. Haben Sie denn nicht begriffen, dass wir die Wahrheit gesagt haben?«

»Nein. Ich weiß nie, ob eine von Ihnen die Wahrheit sagt. Es ist hoffnungslos. Mit Ihnen kann man nicht reden. Sie verstehen einfach nicht. Gute Nacht.«

Mutter darf nichts davon erfahren, es würde sie nur aufregen. Sheil darf es nie erfahren. Und Katrine darf es auch nicht erfahren, denn morgen ist der 1. November und sie geht auf Tournee. Sie muss in Form sein.

Damit bleiben nur Vater und Toddy übrig. Vielleicht sehen wir Vater morgen, an Allerseelen, und er wird sich nicht aufregen oder alarmiert sein. So verhalten sich die Toten nicht. Sie sind ruhig, weise und freundlich.

Obgleich ich von Kopf bis Fuß zitterte, fühlte ich mich erstaunlich ruhig. Das lag natürlich an Toddy. Jetzt entsprach er wieder jenem Toddy, den wir kannten und kennenlernen werden. Und er unterstützte mich dabei, der Mann im Hause zu sein.

18

Zusammengesunken saß Agatha Martin auf einem Stuhl im Schulzimmer. Endlich war dieser Tag vorüber. Sie hatte das Haus für sich allein, Sheil und das Personal schliefen schon und die restliche Familie war zum Bahnhof gegangen. Doch der Vorfall gestern Abend hinderte sie daran, die wohltuende Stille zu genießen. Deirdre hatte Mrs. Carne wahrscheinlich nichts davon erzählt. Das war jedoch ihre geringste Sorge. Sie hatte sich nicht unter Kontrolle gehabt. Würde ihr das noch einmal passieren ...?

Verrückt. War das womöglich der Grund für ihren Autoritätsverlust gegenüber dem Kind? Familien waren schrecklich: Sie zeigten einander ein anderes Gesicht als den Fremden unter ihrem Dach. Wenn sie jetzt ginge, würde der gestrige Vorfall sich negativ auf ihr Zeugnis auswirken? Sich eine neue Stelle suchen, bei einer anderen Familie mit anderen Kindern arbeiten und sich dort, wohl wissend um das eigene Versagen, wieder ein Schlafzimmer mit ihren wenigen privaten Sachen einrichten? Sie würde dem Kind nie verzeihen. Katrine war weg, aber es blieben immer noch drei – die drei schlimmsten. Sie war, wie man es von ihr erwartete, zum Frühstück heruntergekommen und der ungewohnten Stille wegen war es eben noch erträglich gewesen. Der Unterricht fiel heute aus, weil Katrine abreiste. Die Schwestern hatten anscheinend den ganzen Tag in Katrines Zimmer verbracht, und sie selbst hatte alle Zeit gehabt, über den vorhergehenden Abend nachzudenken. Hätte sie zugeschlagen, ohne Deirdres Eingreifen? Hasste sie Kinder insgeheim? Dabei verdiente sie doch ihr Brot mit ihnen. Ein dumpfes Poltern. Miss Martin öffnete Sheils Tür. Vielleicht war das eine willkommene Gelegenheit …

Im Zimmer brannte Licht. »Sheil! Weißt du, wie spät es ist?« »Mutter hat mir erlaubt, noch ein bisschen im Bett zu lesen, wegen Katrine und weil ich nicht mitkommen durfte, um sie und Freddie Pipson zu verabschieden.«

»Hat sie auch gesagt, dass du bis kurz vor Mitternacht lesen darfst?«

»Ach du Schreck! Ich lese ein Buch über Charlotte Brontë, Miss Martin. Vielleicht wissen Sie ja schon alles über sie. Sie hatten einen Hund, der hieß Keeper und Emily – die hatte immer so schlechte Laune – war einmal besonders gemein zu ihm, und dann hab ich mich über alle geärgert. Ist Keeper nicht ein dummer Name für einen Hund? Fast so schlimm wie Tray oder Fido. Crellie klingt auch ein bisschen dumm, aber es ist ja die Abkürzung für Creilagh, und das heißt auf Gälisch ›Wespe‹.«

»Mach jetzt das Licht aus und schlaf!« Agatha hörte, wie brüchig ihre Stimme klang. Sheil sah sie erstaunt an. »Miss Martin, wann kommen Deirdre und Mutter zurück?«, fragte sie hastig.

»Das weiß ich nicht. Die brächten es durchaus

fertig, mit diesem Mr. Pipson nach Bradford zu reisen.«

Sheil legte sich hin. Vielleicht ließ ihre Unruhe sich mit einem kleinen Lied vertreiben.

»Ich bin der Kapitän vom Loyalen Küchen-Korps!«

Miss Martin hatte es gehört und tauchte erneut auf.

»Sheil, ich weiß, du magst mich nicht. Dein Ungehorsam zeigt mir das deutlich. Du sollst jetzt *still* sein, ein für alle Mal.«

Weinte Miss Martin etwa? Noch nie zuvor hatte Sheil einen Erwachsenen weinen sehen. Es war beängstigend, aber auch mitleiderregend.

»Miss Martin! Sie sind ganz müde und können wegen mir nicht schlafen. Es tut mir so leid! Meinen Sie nicht, wenn Sie jetzt wieder ins Bett gehen und an eine Person denken, die Sie sehr gern haben, dass sie dann irgendwie bei Ihnen wäre? Bei mir klappt das immer. Gibt es so jemanden?«

»Sei nicht so impertinent.«

»Das wollte ich nicht, ehrlich. Ich wollte Ihnen nur erzählen, was *uns* hilft.«

Agatha Martin verwandelte sich urplötzlich in ein menschliches Wesen.

»Ich habe eure Geschichten so satt. Das ist doch der bare Unsinn. Du musst endlich lernen, die Wirklichkeit zu sehen, wie sie ist. Diese ganzen erfundenen Geschichten um Sir Herbert Toddington schaden dir nur.«

Sheil sah verblüfft aus. »Sie meinen, er hat gestern Abend gar nicht angerufen? Aber ich habe seine

Stimme doch *gehört.*« Miss Martin klang so überzeugt, dass einem beinahe Zweifel kamen.

»Das mag schon sein, aber von diesem Saffyn will ich kein Wort mehr hören. Es ist einfach ungesund.« Agatha genoss den Augenblick der Freiheit. »Du musst dir darüber im Klaren sein, dass du ihn nie gekannt hast und er tot ist.«

Sheil lachte. »Der arme alte Saffy. Sie mögen ihn genauso wenig wie Toddy. Es gibt ihn wirklich – ich meine, im Unterschied zur Eisenminna. Er hat ein Büro am Leicester Square. Deirdre war selbst dort.«

Miss Martin nutzte die Gelegenheit. »Schon möglich, aber das ändert nichts daran, dass er im Sommer an Herzversagen gestorben ist. Ich habe die Traueranzeige selbst gesehen. Und jetzt schlaf bitte.«

Sheil war ihr bis zur Zimmertür gefolgt, und da bemerkte sie es. Vor Besuchern ließ man sich nichts anmerken – erst recht nicht, wenn es sich um Freunde von Miss Martin handelte. In ihrem Zimmer war alles so dunkel. Aber wenn sie das Licht anknipste, würde Miss Martin es sehen und wieder hereinkommen. Sheil legte sich in ihr Bett und rutschte tief unter die Decke. Sie würde wieder diesen Ton anschlagen, den sie nicht kannte, sodass es in ihrem Innersten ganz kalt wurde. Mutter und Deirdre waren weit weg. Sie lief zum Fenster. Auf der Straße war niemand zu sehen, nur ein Wagen mit vorgespanntem Pferd vor der Haustür, aus dem gerade eine andere Frau stieg. Miss Martin sprach mit der ersten und kurz darauf gingen die beiden in Miss Martins Schlafzimmer und schlossen die Tür hinter sich.

Crellie! Vielleicht kam er zu ihr herauf, bevor Mutter ihn in der Bücherei in seinen Korb brachte. Sie hörte ihn in der Halle knurren.

»Crellie, Crellie! Oh, *Crellie!*«

In der Halle ertönte ein Geräusch.

»Du musst lernen, nicht zu beißen«, gefolgt von einem Jaulen.

Jemand hatte Crellie geschlagen, fest geschlagen. Die Krallen an seinen Pfoten klackerten auf den Stufen. Oben am Treppenabsatz blieb er neben Sheil stehen, sträubte das Fell und bleckte die Zähne.

19

Theaterleute leben gefährlich! Und Katrine war drauf und dran, Mitglied einer Theatertruppe zu werden, also drängten wir uns auf dem Bahnsteig um sie, versuchten die Trennung möglichst lange hinauszuzögern und imitierten Pipson, um den Abschied erträglicher zu machen.

»Ach, Liebes, heute hier, morgen da, wie man so sagt.«

»Tschüss, ihr Süßen, ich hau in den Sack und lass es drauf ankommen.«

Dann steuerte Mutter eine Zeile bei, die Abschiedsszenen vorbehalten war. »Auf Wiedersehen, ihr Lieben. Sagt Mutter, ich will den Rock nicht mehr.«

Wir gaben uns geistreich und furchtbar fröhlich. Der Höhepunkt der Verzweiflung stellt sich kurz vor und nach dem Abschied ein, aber nie unmittelbar währenddessen. Drei Waggons weiter entdeckte ich die Giftnatter der Truppe; unter dem Licht der Bogenlampen, das ihr Make-up blau verfärbte, sah sie aus wie Treibgut am Ufer der Themse. Nur ein Mitglied der Truppe besaß in dieser traurigen Stunde den Mut zu einer komödiantischen Einlage. Der Ärmste trug einen selbst geschriebenen und teils gesungenen Gag vor.

»Ich möchte *wissen,* wann ich sterbe.«

Schließlich traf Pipson ein und verlieh der Situation eine gewisse Normalität. Er gesellte sich zu uns und plauderte barhäuptig mit uns. »Was für eine Uhrzeit, Miss Carne, eh? Warum tut man sich das an?« Dann, zu Mutter gewandt: »Ich bringe Ihre Tochter persönlich zu ihrer Unterkunft, Sie müssen sich nicht die geringsten Sorgen … na ja, Sie wissen schon!« Und Mutter wusste schon und sie sahen einander an und plötzlich wirkte alles wie ein amüsanter Ausflug.

Vielleicht war es nur Einbildung, aber ich hatte den Eindruck, als würde Pipson Katrine auf diese spezielle Art ansehen. Aber einer wie er, mit einem Herz aus Gold, der noch der unscheinbarsten Frau seinen Schutz anböte, lässt sich schwer einschätzen.

»Hallo, Junge!«

»Wie geht's dem einzigartigen Gladeyes?«

»Guten Abend, Mr. Pipson.«

»Ich möchte *wissen,* wann ich sterbe.«

Mutter hatte schließlich ihren gesamten Vorrat an Lächeln aufgebraucht und ließ Anzeichen von Erschöpfung erkennen.

Ich sah mit einem Blick, dass ihre Niedergeschlagenheit weder mit der Abreise noch dem Vorgefühl eines bevorstehenden Unglücks zu tun hatte. Sie wollte einfach nach Hause.

»Ja, natürlich«, sagte ich, »Lass uns gehen.« Sie reichte Pipson zum Abschied die Hand. »Ich wünsche euch viel Erfolg und kommt beide bald zurück.«

»Wir müssen eben versuchen, dass es klickt, wie

man so sagt, Mrs. Carne. Ich hab Ihrer Tochter schon zu verstehen gegeben, dass sie das nur als einen Anfang sehen soll.« Und zu mir: »Alles Gute, Miss Carne. Überarbeiten Sie sich nicht.«

»Auf Wiedersehen, Liebling. Schreib uns bald.«

»Aber ja!«

Dann ging Mutter schnell davon, obwohl der Zug erst in einigen Minuten abfahren würde.

»Wozu die Eile?«, fragte ich.

»Ach … ich fand, wir sollten jetzt besser gehen.«

Den Ton kannte ich. Er bedeutete, dass Mutter ihre Gründe hatte.

20

Als wir in unsere Straße einbogen und den Pferdewagen sahen, verlangsamte Mutter ihren Schritt.

»Jetzt ist es sinnlos. Sie sind schon da.«

»Wer?«

Sie nahm sanft mein Handgelenk. »Schon in Ordnung. Behalte die Tür im Auge. Wir sehen sie wahrscheinlich nie wieder. Schnell. Da, sieh mal!« An der Tür tauchte eine Gestalt auf.

»Emily, du hast dich schlecht benommen!«

»Dieser Hund ist völlig verzogen und unberechenbar.«

»Die Familie ist noch nicht zurück. Komm schon, mein Lämmchen.«

Im Laternenlicht sahen wir ungefähr fünf Sekunden lang eine kleine Frau im langen Rock sowie eine größere, nachlässig gekleidete Gestalt, deren Ärmel sich an der Schulter bauschten. Sie kletterten auf die Sitzbank, nachdem die erste der beiden vorsichtig um sich geblickt hatte.

»Na, also … «, sagte Mutter, bleich und angespannt vor Aufregung.

Natürlich hätte mir beim Eintreten sofort auffallen müssen, dass Fremde bei uns gewesen waren; im Haus summte es geradezu von Schwingungen unbekannter Personen. Ich warf einen Blick in die Bücherei, aber Vater war nicht da. Mutter eilte die Treppe hinauf. Crellie begrüßte uns am Treppenabsatz, umtanzte uns lächelnd, wie es Terrier zu tun pflegen. Ich tätschelte seinen Rücken, um ihn zu unserer Rückkehr zu beglückwünschen und bemerkte, wie er zusammenzuckte.

Abgesehen von uns war alles still, hinter Sheils und Miss Martins geschlossenen Türen war kein Mucks zu hören und Mutter sagte: »Gott sei Dank.«

In ihrem Zimmer tranken wir beiden einen Whiskey Soda.

»Natürlich hat alles mit Yorkshire zu tun«, sagte Mutter.

Ich verstand. Das erklärte vieles.

»Und was ist deine Theorie?«

»Vielleicht wollten sich die beiden selbst davon überzeugen, dass es Sheil besser geht ...?«

Ich schüttelte den Kopf. »Glaube ich nicht. Das haut nicht hin.«

»Was dann?«

»Ich glaube, sie waren hinter Miss Martin her.«

Wir unterhielten uns eine Weile und anschließend ging ich in mein Zimmer. Im Bett lag Sheil und schon ein einziger Blick auf sie tat mir weh.

»Du bist eine gemeine Heimlichtuerin!«, rief sie.

Sie hatte sich halb krank geweint und Ringe um die Augen. »Sheil, raus mit der Sprache!«

»Ist Mutter da?«

»Ja. Willst du sie sehen?«

»Nein, sie soll sich keine Sorgen machen, deswegen hab ich mir selbst versprochen, dass ich sie nicht sehen will.«

»Wie rücksichtsvoll von dir, Sheil. Was ist denn los?«

»Deiry, Miss Martin hat gesagt, Saffy ist tot.«

Ich brodelte vor Wut, was das Nachdenken erschwerte. Ich hörte mich selbst sagen: »Liebes, in gewisser Weise ist er tot. Der Ärmste hat sich eine böse Erkältung eingefangen, wahrscheinlich als er mit Pauline und Emily am Pier war.«

Zu meiner großen Erleichterung nahm sie die Neuigkeit gefasst auf. »Aber eigentlich spielt es keine Rolle. Auch jetzt ist er noch genauso oft mit uns zusammen wie zu seinen Lebzeiten. Wir haben ihn schließlich auch nie in London gesehen. Geschöpfe wie Saffy lassen sich nicht einfach auslöschen. Er sagt: ›Im Himmel ist alles furchtbar langsam und diese verdammten Engel spielen altmodisches Zeug auf ihren Harfen und als ich ihnen mal *Melodious Memories* und *Singing in the Bath-Tub* vorgetragen habe, hat es ihnen überhaupt nicht gefallen.«

Sheil schmiegte sich an mich. »Dann wird er uns auch in Zukunft besuchen und uns alles Mögliche erzählen?«

»Aber klar. Und stell dir nur vor, wie er mit Toddy aneinandergeraten wird, da stehen uns richtige Duelle bevor! Wir werden uns zwischen die beiden werfen müssen, in Taftkleidern und roten Absätzen und sagen: ›Zurück, Sirs, euer weibischer Zank ist unsrer nicht würdig. Zückt die Schwerter!‹ und so weiter.«

»Deirdre, diese Frauen ...«

Hatte Sheil unsere Besucherinnen etwa gesehen? Da sie die Neuigkeiten über Dion Saffyn so gefasst aufgenommen hatte, versuchte ich mein Glück. »Oh ja«, sagte ich. »Die beiden haben eine gewisse Ähnlichkeit mit Saffy, findest du nicht auch?« Aber dann geschah etwas Entsetzliches: Vor lauter Angst machte sich Sheil ganz klein, wurde vor meinen Augen immer dünner. Kinder sind eben unberechenbar.

»Du meinst, die sind auch tot?«

»Sie werden niemals sterben, Liebling. Sie haben etwas geschaffen, das weiter besteht, nicht nur für uns, sondern für alle, genau wie Saffy ...«

»Deir, sind denn *alle* schon tot?« Es klang wie ein Wehklagen.

»Nein, ich nicht und Mutter nicht, und Katrine, Toddy, Lady Mildred oder Freddy Pipson und Crellie auch nicht, die dich alle besonders lieb haben.« Unversehens kam mir ein Einfall. »Warum hast du gedacht, die Frauen wären tot?«

»Die eine hat Crellie geschlagen und die andere – die mit der Brille – hat ›Emily‹ zu ihr gesagt. Kommen sie noch mal hier her? Erst war alles so schrecklich und wütend, und unser Haus hat sich ganz verkehrt angefühlt. Und dann sind sie gekommen.«

»Was meinst du mit ›ganz verkehrt‹?«

»Miss Martin.«

Ich geriet gleich wieder in Wut und machte mir Vorwürfe wegen einiger Worte, die ich heute Morgen mit Miss Martin gewechselt hatte. »Und was ist dann passiert?«

»Dann ging die mit der Brille in Miss Martins Zimmer und da haben sie geredet.«

(Das hatte Miss Martin trotz allem nicht verdient.)

»Verstehe.«

»Ich habe sie nicht hereinkommen hören. Sie waren einfach da. Deiry, ich glaube, es war Emily, die Crellie gehauen hat.«

»Er hat es bestimmt verdient. Hör mal, Sheil, möchtest du heute Nacht vielleicht bei mir schlafen? Du wirst mich mehr wärmen als die heißeste Wärmflasche, und wenn du dich beruhigt hast, dann bringe ich dich wieder in dein Zimmer.«

21

Beim Frühstück fiel mir irgendwann auf, wie still es war. Bestimmt lag es daran, dass Miss Martin nicht mit am Tisch saß. Insgeheim war ich immer noch wütend auf sie, aber es muss auch schrecklich sein, sich immer als fünftes Rad am Wagen zu fühlen! Mutter und mir war die Erschöpfung anzusehen, und Sheil steuerte überhaupt nichts zur Unterhaltung bei. Katrine hatte eine schmerzhafte Lücke hinterlassen.

»Miss Martin ist heute spät dran«, bemerkte ich und Mutter nickte. »Geh doch mal zu ihr, Sheil«, sagte sie, aber als Sheil sie nur schweigend ansah, wandte sie sich an mich. »Dann sag du ihr doch bitte Bescheid, Liebling. Du hast schon gefrühstückt.«

Ich klopfte, wartete und öffnete dann die Tür. Das Zimmer war leer. Ich blieb stehen und registrierte: In dem ordentlich gemachten Bett war nur die Mitte leicht eingedrückt, als hätte jemand darauf gelegen. Die Fotografien waren verschwunden, der Koffer mit den Initialen ›A.E.M.‹ stand reisefertig in einer Ecke. Sogar in diesem Augenblick überlegte ich, welcher Name sich wohl hinter der Initiale E. verbarg. Wahrscheinlich Eleanor. Ein kantiger Zweitname, der zu Miss Martin passte.

Wir mussten keine Szene mehr befürchten. Ich war einfach nur froh. Ich überlegte noch, wie wir es Mutter schonend beibringen sollten, als sie schon hinter mir auf dem Treppenabsatz stand.

»Sie hat sich aus dem Staub gemacht«, murmelte ich und öffnete Miss Martins Tür erneut. »Ich muss dir außerdem einiges beichten.«

»Was ist mit Sheil?«

Ich ging hinunter und erklärte ihr, dass Miss Martin nicht da sei; dann brachte ich sie selbst ins Schulzimmer. Sheils Gesicht war unbewegt. Oh ja, sie würde sich schon selbst beschäftigen, besten Dank, Deirdre. Ich ging wieder zurück in Miss Martins Zimmer zu Mutter, und berichtete ihr alles.

»Aber wohin mag sie nur sein?« Mutter blickte sich suchend um. »Zurück nach Cheltenham?«

»Sollen wir ihrer Familie ein Telegramm schicken?«

»Nein, sie lässt bestimmt bald von sich hören. Da steht ja noch ihr Koffer.«

»Bedauerst du, dass sie uns verlassen hat?«

Mutter zögerte. »Irgendwie schon, glaube ich. Außerdem müssen wir jetzt wieder jemand Neues suchen.«

Ich lachte. »Arme La Martin. Aber so ist es wahrscheinlich am besten.«

»Offenbar ist es mit ihr durchgegangen«, überlegte Mutter, »und ich kann sie auch verstehen … es muss schrecklich für sie gewesen sein, bei uns.«

»Ist es nicht typisch für sie, zuerst zu packen? ›Zähneklappernd wickelte sie ihre Stiefeletten in die gestrige Ausgabe der *Daily Mail*‹«, witzelte ich. Dabei fanden wir es beide nicht lustig. So etwas war noch nie vorgekommen, außer bei Köchinnen und Dienstmädchen, die häufiger mal die Nacht über ausblieben oder auf Polizeiwachen landeten – aber im Fall von Miss Martin erschien es nahezu unvorstellbar. Wir stellten auch einige beunruhigende Überlegungen an. Gehörte Miss Martin zu jenen Menschen, deren Gehirne von spirituellen Erfahrungen, seien sie auch noch so geringfügig, beeinflusst werden? Bekanntlich bekommen es gerade Materialisten immer als erste mit der Angst zu tun.

»... und ich frage mich, wann sie gegangen ist!«

Ich zuckte die Achseln. »Frag mich was anderes.«

»Bis sich die Situation geklärt hat, werden wir beide uns um Sheil kümmern müssen, Liebling.«

»Natürlich. Und was wollen wir ihr bis dahin sagen?«

»Erst einmal, dass Miss Martin für einige Tage zu einer Freundin gezogen ist ...«

»Nein, da bringst du was durcheinander. Das ist die übliche Erklärung bei Scheidungen.«

»Dann verbringt sie eben den Tag mit einer Freundin, die auf der Durchreise ist.«

Und so ging es weiter. Ich machte mich über Mutter lustig, um sie zu schützen, und sie blieb ganz sachlich und geschäftsmäßig, damit ich mich nicht beunruhigte.

22

Agatha spähte vorsichtig an der Tür und ließ sich dann am Schreibtisch im Gemeinschaftsraum der St Agnes Stiftung nieder. Sie nahm einen Bogen Papier mit Briefkopf – die aufgestempelte Adresse der Einrichtung – und versank in Nachdenken.

In Canning Town war die Geräuschkulisse sehr laut, aber vielleicht lag das auch am Unterschied zu dem stillen Haus der Carnes? Oh weh … sie hatte einen unangenehmen Brief zu schreiben und es fiel ihr schwer, die Gedanken zu ordnen. Arthur hatte sie begrüßt, als sie am Morgen gegen zehn Uhr unangekündigt eingetroffen war. Agatha selbst staunte am meisten über ihr eigenes Handeln. Wie hatte sie nur den Mut dazu aufgebracht? Die Angst, das Personal könne einen weggehen hören oder einem auf der Treppe begegnen. Einfach furchtbar. Aber Arthur hatte sie sehr herzlich begrüßt: Sie hatte bereits einen Platz in seinem Leben. (›Agatha, du bist es! Was für eine Überraschung! Komm herein, komm doch herein. Mehr Glück, als ich zu hoffen gewagt hätte‹) Er hatte ihre Hand in seine genommen, sich vorgebeugt, bis sie beinahe glaubte …

Und dann das Gespräch in seinem Arbeitszimmer. »Hier wirst du viel glücklicher sein. Arbeit? Ich verspreche dir, dass ich dich mit Arbeit überhäufen werde, meine Liebe.«

Er hatte das Telegramm an Vater geschickt, sich um einen Boten gekümmert, der den Brief an Mrs. Carne überbrachte und den Koffer im Wagen der Stiftung, in dem sonst Trödel für Basare und Kleidung für die Armen eingesammelt wurden, abholen lassen. Auch die Geldfrage hatte er offen angesprochen, ohne Angst vor Peinlichkeiten. »Normalerweise erhalten unsere festen Mitarbeiter kein richtiges Gehalt. Wir stellen Verpflegung, einen Schlafplatz und eine Waschgelegenheit. Aber als meine Sekretärin und Mädchen für alles – ha, ha, ha! – kann ich dir zehn Schilling pro Woche anbieten. Und aus meiner Sicht bist du das Geld allemal wert. Jetzt schreib deinen Brief und dann mache ich dich mit den Kollegen bekannt. Einige sind einfach fabelhaft.« Und dann, eine Hand auf ihrem Arm, sagte er: »Es ist kein einfaches Leben hier. Die tägliche Fron ist manchmal ermüdend.«

Hatte sie es nicht geahnt! Sheil … obwohl sie sich bemühte, die letzte Nacht aus ihren Gedanken zu verdrängen, schob sich das Geschehene immer wieder in den Vordergrund …

Agathas Stift glitt über das Papier. Sollte sie Mrs. Carne zum Schluss noch einen kleinen Hinweis geben, wie schockierend nachlässig das Dienstmädchen mit Miss Bell umgegangen war? Sie hatte in der Bibliothek gewartet und musste demnach bereits ihre Aufwartung gemacht haben, als die Familie

Katrine zum Bahnhof brachte. Und Muriel, die ihr nicht Bescheid gesagt hatte – Agatha hatte Miss Bell in ihrem Schlafzimmer alles erklärt. Das eiskalte Bibliothekszimmer – ohne Kaminfeuer.

Miss Bell war eine sonderbare Frau. Sehr unverblümt. Ihre Antwort auf Agathas Entschuldigungen hatte gelautet: »Miss Martin, aus meiner Erfahrung kann ich nur sagen, dass Hauslehrerinnen allenfalls als höhere Dienstboten gelten.« Offenbar war sie eine Freundin von Deirdre. Sie hatte auch zugegeben, dass sie ein bisschen schrieb. Zum Schluss war Agatha nichts anderes übrig geblieben, als sie, wenn auch ungern, direkt nach ihrem Namen zu fragen. Journalisten waren da sehr heikel. »Aber ich werde erwartet. Ihre Arbeitgeberin hat mich eingeladen«, hatte Miss Bell nur geantwortet. Wegen Katrines Abreise war natürlich alles drunter und drüber gegangen. Insgesamt eine durchaus sympathische Frau. Und mitfühlend, wenn man sie einmal aus der Reserve gelockt hatte. Sie hatte interessiert die Fotografien von Arthur und Vater betrachtet und schließlich auf Arthur gedeutet. »Schreibt er Ihnen oft?«

»Nun, gelegentlich.«

»Aber nicht oft genug? Ist es eine Qual für Sie, wenn der Briefträger kommt?« Was für eine ungehörige Frage! Agatha hat ziemlich scharf erwidert: »Selbstverständlich nicht« und Miss Bell heißen Kakao angeboten, den diese höflich ablehnte. Sie hatten sich über das Unterrichten unterhalten und Miss Bell hatte recht heftig gesagt: »Eine abscheuliche Arbeit!«. Nach einem Blick auf die Uhr hatte sie schließlich erklärt, sie könne nicht langer warten, hatte Miss Martin davon abgehalten, sie in die kalte Eingangshalle zu begleiten und sich empfohlen.

Agatha schloss die Augen und erinnerte sich. An die Stille, die auf Miss Bells Aufbruch folgte und das kurz darauf einsetzende, laute, nicht enden wollende Weinen von Sheil, dann die Stimmen von Mrs. Carne und Deirdre in der Eingangshalle. Morgen früh musste sie sich der Angelegenheit und den damit verbundenen Unannehmlichkeiten stellen. Noch die unbedeutendste Kleinigkeit wurde von Deirdre und vermutlich auch von der Mutter des Kindes zu einer Tragödie aufgebauscht. Sie war es so leid. Sheil hatte zwar aufgehört zu weinen, trotzdem konnte die Familie mit fantastischen Vorwürfen dafür sorgen, dass man sich schlecht fühlte. Sie hörte bereits die Schritte auf der Treppe. Agatha löschte rasch das Licht in ihrem Zimmer. Sie hätte inzwischen nicht mehr sagen können, wann sie den Entschluss gefasst hatte.

Würde Arthur ihr Verhalten als unfreundlich betrachten? Das wäre schrecklich. Zugegeben, sie hätte vielleicht besser den Mund halten sollen, aber ansonsten? Diese Schülerin und dieser familiäre Kreis waren einfach ungeeignet, um ihre Fähigkeiten unter Beweis zu stellen.

»Sehr geehrte Mrs. Carne,

Ich habe schon seit einiger Zeit den Eindruck, dass ich mit Sheil nicht die Erfolge erzielt habe, die mir vorschwebten. Sie ist in mancher Hinsicht ein ungewöhnliches Mädchen und, wie ich finde, nicht leicht zu handhaben. Ich muss Ihnen mitteilen, dass ich eine Stelle als Sekretärin und Sozialarbeiterin bei obiger Einrichtung angenommen habe, die mir plötzlich angeboten wurde. Ich vertraue darauf, dass Sie darüber hinwegsehen, dass ich Sie verlasse und bitte Sie, dass mir zustehende Gehalt als kleinen Ausgleich für die Unannehmlichkeit, die ich Ihnen, wie ich fürchte, bereitet habe, einzubehalten.

Würden Sie dem Boten freundlicherweise gestatten, dass er meinen Koffer an sich nimmt? (Der Name der Stiftung steht auf dem Wagen.)

Eine Miss Bell kam gestern vorbei …«

Sie würde glücklich hier sein. Mit fleißiger Arbeit klar umrissene Ziele erreichen, gemeinsam mit Arthur. Mit ihm die etwas kahlen Wände für das Weihnachtsfest schmücken. Kränze aus den Zweigen flechten, die die Straßenhändler in ihren Karren anboten, und abends, am warmen Ofen, würden sie Notizen miteinander vergleichen.

23

Miss Martins Brief traf am späten Nachmittag ein. Mutter war so erleichtert, dass sie sagte: »Man sollte die Frau kielholen oder auf die Planke schicken«. Anschließend schrieb sie ihr einen Scheck für die Zeit aus, die sie für uns gearbeitet hatte. Mutters Begleitbrief »Wenn es denn Ihr aufrichtiger Wunsch ist, uns zu verlassen ...« schlug den in solchen Fällen üblichen Ton an, und sie versicherte, dass sie hoffe, glaube und sicher sei ... und verblieb mit herzlichen Grüßen.

»Und jetzt? Wollen wir es noch mal bei Miss Chisholm versuchen? Die war zwar auch eine Idiotin, aber keine ganz so *schlimme*.«

»Interessiert es dich nicht auch brennend, ob La Martin mit Emily gesprochen hat?«

Mutter lächelte anerkennend, blieb aber fest.

»Schlafende Hunde soll man nicht wecken.«

»Wir könnten ihr schreiben und es ganz nebenbei herauskriegen?«

»Bitte nicht, Liebes. Es ist auch so schon schwierig genug mit Sheil.«

»Dann ist es dir auch aufgefallen?«

»Diese Nieten!« Mutter ließ den Brief der Martin sinken. »Ich verstehe nicht, warum Sheil solche Angst vor ihnen hat. Dabei weiß sie über ihren Vater Bescheid ...«

»Das ist nicht ganz dasselbe.« Ich hatte Mühe, meine Empfindungen in Worte zu fassen. »Vielleicht war es ein bisschen viel für Sheil, insbesondere nachdem sie von Saffy erfahren hat. Wer weiß, was Miss Martin gesagt hat. Sie war ziemlich in Rage.«

Mutter ächzte. »Aber Sheil *wusste* genau, dass Emily und Charlotte tot sind.«

»... sonst hätte ich es ihr natürlich nicht gesagt. Vielleicht weil alles so plötzlich kam ...«

Aber es nützte nichts. Mir fiel einfach nicht ein, wie ich Sheil helfen sollte. Später traf ich Mutter auf der Treppe wieder, wir gingen beide zum Schulzimmer. Sheil saß vor dem Puppentheater und klopfte geistesabwesend mit einer der Figuren auf die Bühne.

»Schatz, Miss Martin hat eine neue Stelle angenommen und kommt nicht mehr. Wollen wir etwas Schönes unternehmen, bis der Unterricht wieder anfängt?«

Sheil wirkte erleichtert, aber vermutlich würde sie sich bald über Miss Martins Abgang Gedanken machen und glauben, dass mehr dahinter steckte. Ich sah sie bereits Überlegungen anstellen ...

Mittagsessen und Tee waren furchtbar: Zwei leere Plätze bei Tisch, Mutter riss krampfhaft Witze, Sheil schwieg die meiste Zeit, niemand interessierte sich für Eisenminna (obwohl ihr Flugzeug in der Nähe von Valenciennes abgestürzt und sie das Tagesgespräch in Paris war) und Dion Saffyn, der nicht wusste, ob er willkommen war, schwebte unschlüssig zwischen Himmel und Erde, der arme Kerl. Sich zurückziehen und an Katrine zu schreiben war unmöglich, denn jemand musste bei Sheil bleiben und schließlich hielt ich es keine Sekunde länger aus. »Heute Abend kommt Toddy vorbei«, erklärte ich.

Mutter sah mich vorwurfsvoll an und Sheil bedeutete mir mit einem Blick, dass ich in ihren Augen eine Verräterin war und sie mich verachtete. Als es Schlafenszeit für sie war, tauchten neue Fragen auf. »Und jetzt? In ihrem Zimmer fühlt sie sich vielleicht einsam und hat Angst, aber wenn du sie zu dir nimmst, denkt sie womöglich, sie hätte einen Grund, sich zu fürchten. Du bist ja in Hut und Mantel. Du gehst doch nicht etwa aus?«

»Ich besuche die Toddingtons.«

»Liebling, das geht doch nicht.«

»Wegen Sheil.«

Mutter blieb nachdenklich stehen und ließ mich dann ohne ein weiteres Wort gehen.

24

Ethel ließ mich ein. Ihre Ladyschaft sei nicht da, würde aber bald zum Abendessen kommen. Sir Herbert sei zu Hause, ja. »Miss Deirdre Carne.« Er war im Arbeitszimmer und sah mit einem Ausdruck auf, den ich kannte.

»Meine liebe Miss Deirdre, wie nett von Ihnen. Machen Sie es sich doch bequem. Meine Frau muss jede Minute hier sein.«

»Ich hatte gehofft, Sie anzutreffen. Es geht um Sheil, und ich weiß gar nicht, wo ich anfangen soll.«

»Augenblick. Sie ist doch hoffentlich nicht krank?«

»Nein, das nicht. Ich frage mich, ob Sie mir überhaupt glauben werden.«

Er nahm den Zwicker ab und lächelte mich aus alten, müden Augen an.

»Meine Liebe, in meinem Alter glaube ich inzwischen bereits vor dem Frühstück an drei unglaubliche Dinge.«

»Es ist ziemlich *merkwürdig* ...«

»Deirdre, während des Krieges entdeckten zwei junge Piloten in einiger Höhe eine neue Spezies am Himmel. Drachen. Aus naheliegenden Gründen wurde die Sache nicht weiter bekannt und soweit ich mich erinnere, berichtete nur die *Occult Review* darüber. Also bitte, erzählen Sie.«

»Heißt das, Sie glauben …«

»Bleiben wir doch beim Thema.«

»Na gut … Wir haben die Sommerferien dieses Jahr in Yorkshire verbracht. Wir waren sehr unglücklich dort und Sheil wurde krank. Der Ort lag in der Nähe von Keighley und er mochte uns nicht.«

»Er …?«

»Manche Orte sind von Anfang an gegen einen.«

»Ich verstehe. Ja, ich weiß, was Sie meinen.«

»Eines Abends nahmen wir beim Tischrücken Kontakt mit den Brontës auf. Sie zeigten sich sofort. Charlotte sagte: ›Erinnere dich an Anne, erinnere dich an Elizabeth, erinnere dich an Maria‹ … und dann ›Sheil – muss – zurück – rechtzeitig‹. Also fuhren wir am nächsten Tag nach Hause. Ich weiß nicht, warum ich nicht darauf gekommen bin, eine Verbindung zwischen Anne und den beiden anderen, Emily und Charlotte, herzustellen …«

»Die beiden älteren Schwestern, sie sind sozusagen in der Schule gestorben«, murmelte Sir Herbert etwas abwesend. »Anne, die jüngste, ist viele Jahre später in Scarborough gestorben.«

»Ja, ich erinnere mich. Charlotte sagte, sie sei ›an der Nordsee‹ gestorben, und Miss Martin, unsere Hauslehrerin, hielt sie allesamt für englische Königinnen …«

»Lassen Sie sich Zeit, mein Kind. Ihr wart im Reich der Brontës. Ich könnte von ähnlichen Vorfällen an anderen Orten berichten. Beispielsweise ist einer meiner Freunde einmal in einem Dorf namens Marquis in der Nähe von Wimereux mitten in die Französische Revolution hineingeraten. Er sah die Karren und die *tricoteuses* … aber ich habe Sie unterbrochen. War Sheil durcheinander wegen des Tischrückens? Vermutlich ist sie noch zu jung, um dieses außerordentliche Privileg …«

»Sheil lag im Bett. Wir haben es auch nicht besonders ernst genommen. Sie wissen ja, bei einer spiritistischen Sitzung sind gefälschte Botschaften von John Bunyan oder Kardinal Newman und anderen sehr verbreitet …«

»Dennoch sind Sie am nächsten Tag abgereist?«

»Ja. Jede Warnung in Bezug auf Sheil, selbst von einem Geist …« Er nickte knapp. »Und sie hatte natürlich auch dieses leichte Fieber.«

»Na, na …«

»Ich hatte meinen Roman mitgenommen.«

»Verzeihen Sie, aber steht das in Zusammenhang mit dem Problem?«

»Ich glaube schon. Im Manuskript standen Bleistiftanmerkungen, die vorher nicht da gewesen waren.«

»Erinnern Sie sich noch an einige davon?«

»›An dieser Stelle etwas wirr … wir alle empfinden die inhärente Wertlosigkeit dessen, was Sie hier beschreiben … Ihr Franzose ist fraglos eine lächerliche Figur …‹«

Sir Herbert sah mich an. »Man denkt unwillkürlich an Charlotte.«

»Das finde ich auch. Als wir nach Hause kamen, waren die Anmerkungen verschwunden.«

»Deirdre, Sie ahnen nicht, wie ich Sie beneide! Erzählen Sie weiter.«

»Charlotte fragte, ob sie uns besuchen dürfe. Und dann tauchte sie gemeinsam mit Emily an Allerseelen bei uns auf. Wir waren nicht zu Hause und nur Sheil hat die beiden gesehen. Toddy – Sir Herbert, Miss Martin hat Sheil Angst eingejagt. Und am Abend zuvor hat sie versucht, mich zu schlagen. Sie wurde wütend, weil sie dachte, ich würde immer noch Fantasiegeschichten über Sie erzählen. Sie fühlte sich auf den Arm genommen, als ich meinte, Sie hätten angerufen … und dafür hat sie sich dann später, als Mutter und ich nicht zu Hause waren, an Sheil gerächt. Sie hat ihr gesagt, Dion Saffyn sei tot … und kurz darauf hat Sheil Charlotte oben an der Treppe gesehen und wahnsinnige Angst bekommen. Und jetzt wissen wir nicht, wie wir ihr helfen sollen.«

»Deirdre, warum haben Sie mich um Hilfe gebeten?«

Dieser Frage musste ich mich stellen. Es fiel mir erstaunlich leicht. »Weil wir Sie schon seit zwei Jahren in allen wichtigen Fragen um Hilfe bitten.«

»Und ich habe Sie nie enttäuscht?«

»Nicht ein einziges Mal.«

»Und wie habe ich Ihnen helfen können?«

»Oh … Sie haben mich zu meinem Roman beglückwünscht und zum Abendessen ins Ritz eingeladen. Sie waren verbotenerweise mit dem Auto aus Bristol zu Besuch bei uns. Und bei Katrines Abschlussvorstellung an der Schauspielschule waren Sie ebenfalls dabei – solche Sachen eben.«

»Kurz gesagt, ›Beim Willkomm zärtlich und beim Kampf ein Held‹?«

»Genau.«

Er legte mir die Hand auf die Schulter. »Und nun fügt es der Zufall (wir wollen es einmal so nennen), dass ich verspätet Gelegenheit habe, Ihren Erwartungen gerecht zu werden. Diese Miss Martin … war sie ebenfalls aufgebracht?«

»Sie hat gekündigt und inzwischen eine andere Stelle. Sie hat Yorkshire verabscheut, was mich diebisch freut. Zum Teufel mit ihr.«

»Na, na!«

»Sie fand alles ›seltsam‹ und mochte es nicht, wenn die Dorfbewohner sie ansahen, und diesen rothaarigen Jungen, der – zugegeben – immer betrunken war, konnte sie nicht ausstehen.«

»Branwell Brontë«, sinnierte Sir Herbert.

Ich riss die Augen auf. »Branwell! Aber natürlich! Daran habe ich nicht gedacht.«

»Am liebsten würde ich Sie schütteln! Im nächsten Sommer muss ich unbedingt zu diesem Gasthaus.«

»Tja … das wäre die ganze Geschichte. Nach Mutters Ansicht sind Charlotte und Emily gekommen, um zu sehen, ob es Sheil wieder besser geht, aber *ich* denke, der eigentliche Grund war Miss Martin. Sie hat als Hauslehrerin nie so richtig zu uns gepasst.«

Sir Herbert legte die Fingerspitzen aneinander. »Es gibt eine dritte Möglichkeit.«

»Oh, welche denn?«

»Ist Ihnen noch nie in den Sinn gekommen, Charlotte und Emily könnten sich zu Ihnen, als einer glücklichen Familie, hingezogen fühlen, weil das Familienleben der Brontës bekanntlich sehr unglücklich war?«

Ob es an seiner sanften, aber eindringlichen Stimme liegen mochte oder meinen überreizten Nerven, weil ich ihn um Hilfe gebeten hatte, jedenfalls spürte ich entsetzt, wie mir die Tränen kamen.

»Emily hat Crellie geschlagen«, stammelte ich. »Ist sie vielleicht deshalb zurückgekehrt?«

Er drehte sich mit einem Ruck zu mir um. »Ich glaube, sie würde *genau* das tun. Ich habe ihr nie vergeben, wie sie mit Keeper umging.« Ohne mich anzusehen, schritt er auf und ab. »Starke Persönlichkeiten ändern sich auch nach ihrem Tod nicht, Deirdre. Zumindest ist das meine Theorie. Wenn Sie daran glauben, müssen Sie auch glauben, dass das Gute eines Tages ausgerottet wird … Ausrottung … hm … nein, das ist inakzeptabel …«

Ein Klopfen an der Tür und Lady Toddington trat ein.

Sie musterte uns kurz und setzte ihr Gattinnengesicht auf, bis Sir Herbert sagte: »Du wirst gebraucht, Mildred.« Als wir einander begrüßten, sah ich sie fest an und dann setzten wir uns; sie ließ meine Hand nicht los.

Er berichtete ihr den ersten Teil, kurz und in möglichst einsilbigen Worten, und ihre Augen wurden immer größer. »Also, das ist ja nicht zu fassen«, sagte sie schließlich. »Aber bei alten Häusern weiß man nie.« Ich lachte leicht hysterisch auf und vermied es,

Toddy anzusehen. Und dann war ich wieder an der Reihe mit Erzählen.

Es war erstaunlich schwierig. Dabei sind kindliche Ängste doch eigentlich nicht schwer zu verstehen.

»Sheil weiß, dass Menschen manchmal zurückkehren, zum Beispiel Vater. Sie hat es akzeptiert, es war ganz natürlich ... aber Miss Martin hat ihr Angst eingejagt, als sie von Dion Saffyn ...«

»Könnten Sie ihr nicht sagen, sie hätte nur geträumt?«, fragte Lady Toddington.

Ihr Ehemann lächelte etwas verkniffen. »Liebe Mildred! Das ist wirklich keine große Hilfe.« Sie verzog das Gesicht wie ein gekränktes Kind und schien drauf und dran, sich auszuklinken, sich vor unseren Augen in Luft aufzulösen, wie ich es schon zuvor bei ihr bemerkt hatte. Doch dann erinnerte sie sich offenbar – anders kann ich es nicht beschreiben –, denn sie ließ meine Hand los, beugte sich vor und zwickte ihn ins Ohr, woraufhin er blinzelte, sich schüttelte und, im Rückblick, glaube ich, dass das Glück sie inspirierte, als sie sich mir zuwandte und sagte: »Wie hieß dieser Pierrot gleich noch, den Herbert nicht ausstehen kann?«

Ich musste lachen. »Dion Saffyn.«

»Hm ... sehen Sie mal, Deirdre (wenn Sie nichts dagegen habe, würde ich Sie gern so nennen): Können Sie nicht irgendwie bewerkstelligen, dass die Brontës ihn – und Bottles – mögen? Ach, ich bin so schlecht im Erklären.« Doch wir, das Publikum ihres Lebens, hingen gebannt an ihren Lippen. »Ich meine, *kassiert* die Brontës ein. Lasst sie an eurem Leben teilhaben. Wer der Gefahr nicht entfliehen kann, geht auf sie zu. Die Kleine weiß insgeheim bestimmt, dass die Abenteuer von Wie-heißt-er-gleich-noch und Bottles nur erdacht sind, und umgekehrt könnten wir den Brontës ein wirkliches Leben verleihen und ihnen damit ihren Schrecken rauben – sei still, Herbert!«

»Ich würde es im Traum nicht wagen, dir ins Wort zu fallen, meine Liebe«, erwiderte Mr. Richter Toddington demütig.

»Jetzt wollen wir uns Cocktails genehmigen, denn es kommt nicht oft vor, dass ich so klug bin und es dauert im Allgemeinen auch nicht lange, nicht wahr, Herbert?«

»Ich ziehe den Hut vor dir, Mildred.« Er wandte sich mir zu. »Wenn ich das richtig verstanden habe, ist Mildred der Meinung, die Kleine habe sich vor allem deswegen so gefürchtet, weil Charlotte und Emily ihrer Erfahrung nach keine Vergangenheit haben. Und dass wir ihnen, kurz gesagt, eine geben müssten.«

»Und eine Gegenwart, vergiss das nicht, Herbert.«

»Und eine Gegenwart, sehr richtig … hm … tja, alles drängt nach London, wie die Regenbogenpresse schreibt. Ich hoffe, dass Emily nicht allzu herrisch ist und mir vorschreibt, was ich essen soll. Ich sehe geradezu epische Wortgefechte mit Mathewson voraus.«

Wir saßen da, genossen die Ruhe nach dem Sturm, doch dann fiel mir etwas ein. »Sir Herbert, da wäre noch eine Sache. Es tut mir leid, aber Sie müssen heute Abend bei uns vorbeikommen.«

»Hm? Ah, ich verstehe.« Er lächelte mich nachsichtig an. »Wurde das telefonisch vereinbart?«

»Kann ich nicht auch mitkommen?« Lady Toddington machte ein langes Gesicht. Kühn schob ich meinen Arm unter ihren. »Nur noch ein letzter Punkt«, äußerte ich vorsichtig. »Jetzt, wo wir alle wissen, was zu tun ist, wäre es da nicht – gut, wenn ich Ihnen noch ein paar Tipps gebe?«

Sie tätschelte meinen Arm. »Lieber nicht! Am besten jeder begeht seine eigenen Fehler und nicht die eines anderen.«

Sir Herbert überlegte. »Sieh mal, Mildred, die Brontës ... ich könnte dich auf die Schwestern vorbereiten ...«

»Hört euch den an! Hier wird nichts vorbereitet! Ich halte die beiden für ausgemachte Langweiler und werde alles sagen, egal, was mir durch den Kopf geht.«

Damit leerte sie ihr Glas in einem Zug und sah wunderbar jung aus.

25

Katrine und Freddie Pipson sind ineinander verliebt. Ich gehe fast jeden Nachmittag mit Crellie in die Kensington Gardens und lese dabei hin und wieder Katrines Briefe.

»*Liebes altes Haus,*

Hier sitze ich wieder mal, mit dem Stift in der Hand und hoffe, du schreibst mir auch gerade. Die Provinz ist die Hölle auf Erden und die Mädchen benehmen sich so niederträchtig, dass ich gestern Abend in der Garderobe losgeheult und mich schließlich mit meinen Sachen in die Toilette verzogen habe. Nicht mal die paar Fummel, die es hier gibt, gesteht mir Freddie Pipson zu. Vor lauter Reinheit platze ich wahrscheinlich bald. (Ich meine damit Mahlzeiten in den Hotels, mit Partys; vollkommen harmlos.) Und wo ich hingehe, ist F.P. schon da und sagt, dass ich hier besser nicht bleiben sollte.«

Und

»Dass F.P. dauernd die Anstandsdame spielt, ist wirklich ungeheuer lästig. Gestern Abend hat eine Gruppe Marineoffiziere – sie hatten die teuerste

Loge – jeder von uns ein paar Flaschen Bier geschickt (ich habe meine der Garderobiere gegeben) und uns alle eingeladen; ich wollte mit, aber F.P. kam plötzlich zum Bühneneingang heraus und hat mich einfach in sein Auto verfrachtet. Auf dem Heimweg hat er sich dann in einer Tour entschuldigt, mit einem himmlischen Pipsonismus nach dem anderen. Ein besonderes Glanzstück war beispielsweise: ›Ich weiß, Miss Katrine, man muss in Rom tun, was man in Rom tun muss, aber Sie sind, bitte um Entschuldigung, eben eine Ausnahme.‹ ›Schweigen Sie, Mr. Pipson‹, sagte ich, ›die Mädchen denken alle, dass ich bei Ihnen wohne.‹ Und er erwiderte: ›Ah ja. So was habe ich befürchtet‹, womit er mich matt setzte. Ich konnte ja schlecht antworten: ›Wie unhöflich!‹ oder ›Ganz meinerseits.‹ Dann seufzte er und blickte aus dem Fenster und sagte, er wünschte, *er könne die Gedanken, die in ihm entstehen, aussprechen – Tennyson.*«

Und

»… ich habe deinen Rat befolgt und spreche jetzt oft so wie die Mädels. Freddie Pipson hat mich in den Kulissen gehört und kam nach der Vorstellung zu mir und meinte, er wisse schon, dass es ihn nichts angehe, er nehme sich da eine Freiheit heraus, aber es mache ihn sehr traurig, mich so reden zu hören und meine Mutter würde es bestimmt nicht anders gehen und er fühle sich schuldig, weil er mich in diese Umgebung hineingepflanzt habe.

Daraufhin hatte ich solche Gewissensbisse, dass ich ihm den Grund verraten habe und er hat meine Hand gedrückt und gesagt, das wisse er und mir anschließend einen Riesenstrauß Chrysanthemen gekauft, die hübschen, mit den Wuschelköpfen. Ich bin drauf und dran, mich unsterblich in ihn zu verlieben.

P.S: Während der Show geht jedes Mal drei Minuten lang das Licht aus, und ich stehe dann neben Freddie und warte auf meinen Einsatz und wenn er so nett gewesen wäre, könnte ich jetzt vielleicht bald die glückliche Mutter von Zwillingen sein. Wie kann man pechschwarze Dunkelheit nur so verschwenden!«

Das Schlimmste daran ist, dass ich nicht nur aus Gewohnheit mit Katrine sympathisiere, sondern dass wir einander in vieler Hinsicht ähnlich sind und ähnlich denken; ihr zu schreiben, sie solle die Show verlassen und Pipson nicht mehr sehen, ist reine Zeitverschwendung. Das wäre auch für mich selbst ganz ausgeschlossen. Vor der Liebe wegzulaufen, ist für Frauen wie uns nicht das Richtige. Dadurch vertiefen sich unsere Gefühle nur; für uns ist es besser, wenn wir bleiben und sie abnutzen.

»Deiry, mein Schatz, ich bin vom Pech verfolgt. Gestern Abend ist mir Freddie hinter der Bühne begegnet und ich sah, das gebe ich offen zu, einfach hinreißend aus – ich hätte mich sofort geküsst, wenn ich ein Mann wäre – und dann kam es wieder zu einer dieser Krisen, wie die Eisenminna sie nennt, und alles ringsum war wie ausgeblendet, da war niemand mehr außer uns beiden und er hat mich auf diese unmissverständliche Art angesehen und mehr zu sich als zu mir gesagt »meine Liebe« und ist in seiner Garderobe verschwunden. (Er trug ein zotteliges Haarteil und am Mundwinkel je einen gemalten schwarzen Punkt, aber manche Männer wirken eben nie lächerlich). Der Kapitän vom Küchenkorps – in Vollendung. Ach, Liebes! Oder wie die Brontë sagen würden: *Welch* ein Moment! Erzähl mir unbedingt mehr von ihnen. Die arme alte Martin! Sie ist der *Inbegriff* der Langeweile! Ich glaube, wenn sie mal entschlossen und höflich verführt werden würde, könnte das sehr helfen. Man munkelt übrigens, dass wir zu Weihnachten in der Stadt sein werden.«

Wenn das nicht bald aufhört, reise ich entweder selbst nach Chatham oder spreche mit Toddy. Dabei habe ich volles Vertrauen zu Freddie Pipson, der Gute! Katrine hat wirklich keine Ahnung von Männern und würde ihnen in kleiner Münze unendlich viel mehr geben als der unmoralische Typ Frau, einfach, weil sie so glücklich ist und so wenig verlangt, während andere Frauen viel zurückhaltender sind und am Ende alles bekommen.

»... Deiry, wäre es *eventuell* denkbar, Freddie zu heiraten? Ich spüre deutlich, dass er zu mir gehört. Außerdem, er ist noch zu haben – ganz anders als andere Männer, deren Ehefrauen immer im Anmarsch sind. Und außerdem – von der vulgären Seite betrachtet – schwimmt er im Geld …«

Sie war völlig mit Pipson beschäftigt, das erkannte ich schon daran, dass sie sich kaum nach den Toddingtons erkundigte. Ich habe etwas Gemeines getan: Ich habe meinen kleinen Freund verraten und er würde mir als erster zustimmen, wie recht ich damit habe.

Ich schrieb: »Katrine, du schlichtes Gemüt, das geht auf keinen Fall. Wir sind beide geborene Snobs und eine Heirat außerhalb unserer Kreise ist für uns nicht vorstellbar; früher oder später würde dir vieles missfallen. Ich habe in Freddies Garderobe einige seiner Verwandten kennengelernt. Zum Beispiel einen gewissen Sydney; er spricht in breitem Cockney und wohnt in Herne Hill. Kannst du dir vorstellen, dass er Katrine zu dir sagt? Oder Sheil Sheil nennt? Das Recht dazu hätte er. Pipsons Schwägerin ist klein und eine gefährliche Zecke. Die würden dann sonntags zu Besuch kommen. Und der Nachname Pipson? Katrine Pipson?

Deine Kinder wären wie ein Münzwurf: *Vielleicht* sind sie wie wir, aber kannst du dir eine Tochter mit Freddies Nase vorstellen? Sie könnte nach ›dem Papa schlagen‹, wie man so sagt, bei Mädchen ist das häufig der Fall (bei dir ist es auch so). Wie würde er mit unseren Freunden zurechtkommen? Er ist ein wahrer Engel und ein Schatz und *wir* würden ihn mit offenen Armen aufnehmen, aber wie ist es mit unseren Freunden? Stell dir nur mal vor, welche Kommentare Tante Susan oder Onkel Noble abgeben werden; oder gemeinsame Abendessen mit ihnen.

Und noch was: Freddie wäre so gut wie nie zu Hause. Den Großteil des Jahres ist er auf Tournee und die Provinznester, die ihr abklappert, hängen dir jetzt schon – nach nur drei Wochen! –, zum Hals heraus.

Liebes Schweinchen, schlag es dir aus dem Kopf. Ich kenne Pipson länger als du und mag ihn genauso gern und hätte, ohne die vielen Wenn's auf beiden Seiten, nichts dagegen gehabt, eine Woche im sonnigen Bognor Regis mit ihm zu verbringen. Ich hätte jede Minute des Tages mit ihm genossen, obwohl ich mich manchmal frage (darf ich das so sagen), ob die Abende ebenso angenehm gewesen wären (sind moderne Mädels nicht schlimm?).

Ich weiß genau, was du empfindest, aber ich denke, ich hoffe und ich glaube – wie wir in der Schule immer sagten, wenn wir in der Deutschstunde Mühe hatten, die Konjunktion *›doch‹* zu erklären –, dass es vorbeigeht.«

So. Ich habe meine Bekanntschaft mit Freddie auf dem Altar der Familie geopfert und hoffe nur, dass ich richtig liege. Ich würde es ja überstehen, aber da sind Mutter und Sheil … man muss auf sie aufpassen. Und doch! Wie schön wäre es, Freddie zu heiraten!

Aber das darf Katrine nicht. Oh, was für ein musterhafter Ehemann, Vater und Liebhaber er wäre. Toddy ist einer Meinung mit mir, was Letzteres betrifft. Er hat einen ausgeprägten Gerechtigkeitssinn, auch außerhalb des Gerichts.

»Ich weiß, du hast recht, Deiry, verflucht und verdammt. An viele deiner Einwände habe ich selbst schon gedacht, aber nicht an alle. Als ich deinen Brief gelesen habe, sah ich plötzlich ›Sydney‹ vor mir, wie er auf unserem Rasen steht, einen Whiskey nach dem anderen trinkt und mich Kati nennt. Ich weiß, ich muss mich an Gentlemen halten, aber die sind manchmal äußerst lahm, findest du nicht auch? Toddy ist eine Ausnahme und natürlich Vater ...«

Vor Erleichterung rannte ich mit Crellie unsere Straße entlang und rief ihm ständig »Hoppla, Liebes« zu und der Wachtmeister an der Ecke sagte dauernd: »Was für ein Lärm! Das ist ja zum junge Hunde kriegen«.

»Liebe K., alle denken, du hast eine, wie Toddy sagen würde ›umsichtige Entscheidung ... hm ... ja‹ getroffen. Saffy, der sich für etwas Besseres hält als Freddie Pipson, weil er in weißer Augenschminke und Bommeln statt mit einem Haarteil auf der Bühne herumhampelt, hat sich vor Empörung fast überschlagen, weil ›dieser Bursche‹ es wagt, sich Hoffnungen auf dich zu machen. Eisenminna haben wir die Sache verschwiegen. Sie ist so hoffnungslos *crème de la crème*, dass eine derartige *mésalliance* schlicht unvorstellbar für sie wäre. Auf französischen Bühnen gilt jeder, der nicht zum Ensemble der *Comédie* gehört, sofort als Knallcharge. Dass sie selbst die *Belle Mondaine* im *Salle des Odalisques* gesungen hat, vergisst sie dabei natürlich gern. Typisch. Gestern sagte ich nebenbei zu Sheil: ›Stell dir mal vor, Katrine würde Freddie Pipson heiraten‹, und sie antwortete, ›Das wird Austen Charles *bestimmt* nicht gefallen!‹ Emily hat übrigens nichts als kalte Verachtung für den Plan übrig, aber Charlotte sagt, wer liebt, der nimmt auch. (Im Jenseits hat sie ihren Héger wohl endlich gekriegt). P.S.: Sheil nennt ihn ›Hagar‹ und hält ihn für eine biblische Figur; wir haben ihr deswegen jetzt *Villette* zu lesen gegeben.«

Das Schulzimmer sieht allmählich anheimelnd winterlich aus. Das Licht brennt schon früh und es duftet nach Holzrauch. Morgen gehe ich mit Crellie in die Kensington Gardens und treffe Toddy auf dem Heimweg. Es gibt nur ein bitteres Tröpfchen im Kelch, wie Vater zu sagen pflegte. Die neue Hauslehrerin trifft übermorgen ein, sie heißt Miss Ainslie.

»Es ist wirklich nicht einfach, die Finger von Freddie zu lassen und ich glaube, es fällt ihm genauso schwer wie mir. Und es ist äußerst schwierig, an Sydney zu denken, wenn ich in den Kulissen plötzlich Freddie sehe oder ihm auf der Treppe begegne.

Erst wenn ich allein in meinem Zimmer bin, ist mir klar, dass du recht hast. Vielleicht ist das ein Zeichen, dass ich nicht richtig in ihn verliebt bin, aber verflixt noch mal! es fühlt sich genau so an. Seltsam ist auch, dass ich mir nicht vorstellen kann, jemanden zu heiraten, solange Saffy, Pauline und Ennis (oder sogar Eisenminna) kein grünes Licht geben.

›Was soll das heißen mit Emily und Charlotte? Sind die jetzt etwa mit an Bord? Das ist ja zum Schreien. Ich hab schon immer gesagt, bei Emily is ne Schraube locker. Was denkt die denn von uns?‹«

26

Als Katrine von ihrer Tournee zurückkehrte, schleppte ich sie sofort zu den Toddingtons. Sie soll an allem, was wir erleben, teilhaben. Es gab so viel zu erzählen, dass wir bald ganz außer Puste waren.

»Wie reden wir Sie an?«

»Ganz einfach mit ›Lady Mildred‹.«

Katrine grinste. »Mich laust der Affe! Wenn ich mir vorstellen, dass alles in Wirklichkeit …«

»Ich weiß.«

»Und wir mögen sie?«

»Sehr sogar. Außerdem hat sie einiges für Sheil getan. Damals, an diesem Abend, du weißt schon.«

»Hat sie immer noch so viel Respekt vor ausufernden Verstandesleistungen?«

»Ja und nein. Sie ist nicht dumm. Ich hatte immer Angst, Toddy würde sie nicht schätzen. Brillante Denker neigen zur Intoleranz. Sein Verstand arbeitet einfach immer auf Höchstgeschwindigkeit und wir alle sind chancenlos, wenn er bei Tisch seine Schlussplädoyers hält oder die Augen schließt und ungeduldig zischt, falls Mildred oder einer von uns ins Fettnäpfchen tritt. Wenn wir so was sagen wie ›unter den Umständen …‹. Manchmal gibt Mildred mir Ratschläge, welche Argumente ich zu meiner Verteidigung anführen kann, aber Toddy wird mühelos mit uns beiden fertig. Bevor ich Toddy kennenlernte, wusste ich nicht, wie unlogisch ich denke. Mutter und ich ziehen ihn gern auf, und wenn er gute Laune hat, nennt er mich ›liebes Kind‹, und wenn er böse auf mich ist, sagt er: ›Na, na.‹«

»Das klingt einfach perfekt! Vermutlich kommst du jetzt an sagenhaft viele Informationen und wirfst Blicke hinter die Kulissen und so.«

»Massenhaft.«

Der berühmte Sir Horatio Sparrow gehört zu den ältesten Freunden der Toddingtons. Zu Beginn des Abends verbreiten er und Toddy eine tolle Stimmung und schwelgen in Erinnerungen, geraten jedoch gegen Ende häufig aneinander und Mildred schlichtet dann ruhig und besonnen. In Auseinandersetzungen verhält Toddy sich distanziert und juristisch, während Sir Horatio wie ein aufgeregtes Huhn umherflattert und ich mich vor unterdrücktem Lachen schüttele. Sir Horatios mürrisches kleines Gesicht leuchtet vor Freude am Streit, und sein Mund sieht vor Entrüstung noch verkniffener aus als sonst.

Sir Horatio schreibt Gedichte. In ihren Häusern in London und auf dem Lande hat Lady Mildred, dem Beispiel ihrer Mutter folgend, ein Gästebuch ausgelegt. Toddy hält gar nichts davon und wie sie mir einmal anvertraute, hat er wohl gesagt, sie hätte die Seele einer Vermieterin. Tatsächlich lautet ein Eintrag: »Bin hoffentlich bald wieder hier. Zimmer sehr sauber und bequem, der Service ließ nichts zu wünschen übrig.« Ausgerechnet von einem kleinen, neunmalklugen Stückeschreiber, der Toddys Bemerkung zufällig gehört hatte und dem man eine ordentliche Abreibung verpassen sollte. Er war eine ganze Woche in Molesey zu Gast. Sir Horatios Beitrag (aus dem Jahr 1889) enthält einen ausführlichen Verweis auf die Themse und die ersten Zeilen lauten:

Ich dacht', der Schatten Sheridans sei da
Und Tilburinas glänzendes Najadenhaar,

worauf, neben einer Menge Latein, ein Vergleich des Sonnenuntergangs an der Schleuse von Molesey mit ähnlichen Naturschauspielen auf der Akropolis folgt (›Hier, dünkt mich, könnt' ich Frieden finden) und am Ende des Gedichts hat er dem wehrlosen Sheridan ziemlich übel mitgespielt. Als Mildred mir den Eintrag zeigte, warf Toddy ebenfalls einen Blick hinein, kicherte und sagte: »Sparrows Verse haben keinen Fuß, auf dem sie stehen könnten«, was ich mit »Lachen im Gerichtssaal« kommentierte, woraufhin er die berüchtigten schmalen Lippen bekam und sagte, er würde mich jetzt aus dem Saal verweisen lassen und der Gerichtsdiener sei bereits auf dem Weg.

Zur Begrüßung pflegt Sir Horatio Mildred manchmal ein Küsschen zu geben und dann sieht ihn Toddy über den Rand seines Zwickers an und bemerkt: »Wenn du dann mit meiner Frau fertig bist, Horatio …« und Sir Horatio erwidert: »Ich hab noch gar nicht richtig angefangen, alter Knabe. Gib uns noch etwas Zeit.« Und vergangene Woche sagte Mildred: »Mehr Zeit, du alter Schwerenöter? Die hattest du doch fünfundzwanzig Jahre lang.«

Lady Mildred und ich sehen den beiden kleinen Geschöpfen oft nach, wenn sie sich gemeinsam auf den Weg zu ihrem Club machen. »Sind sie nicht einfach süß!«, rufe ich dann aus, sobald die pergamentenen, silberhaarigen Gestalten unseren Blicken entschwunden sind.

Mildred hat Crellie und die Beichten in St Alban, Teddington, nicht vergessen. Seit sie weiß, dass wir früher in Hampton Wick gewohnt haben, hat sie mich endgültig in ihr Herz geschlossen. Obwohl Mutter meint, diese Zeit gehöre einer Vergangenheit an, über die wir allmählich Gras wachsen lassen sollten, hole ich Mildred zuliebe die Leichen hin und wieder aus dem Keller.

Zu meinen ersten Erinnerungen an unser damaliges Leben gehören Ausflüge, erfüllt vom trostlosen Gestank der Kalmusstauden, und der Blick auf Popes Anwesen vom Treidelpfad aus; im Sommer die üblichen Utensilien für ein Picknick, faltbare Becher und quietschende Körbe und Frühlingsabende im Park, blass und bösartig wie Ziegenaugen.

Mildred hat ihre Kindheit in Molesey verbracht und das Haus von ihrer Mutter geerbt, Wasser auf ihrer rückwärts laufenden Mühle: Weil sie so eifrig darauf bedacht ist, die Vergangenheit wieder auferstehen zu lassen, fragt sie mich gelegentlich, ob ich mich noch an die Tatham-Buben erinnere, oder die Freers – oder an irgend jemanden sonst, der verheiratet war und Kinder hatte –, obwohl ich damals noch als Baby im Hochstuhl saß. Mittlerweile sind die Tatham-Jungen sehr viel realer für mich, als wäre ich ihnen damals tatsächlich begegnet oder wäre tatsächlich von einem von ihnen unter vorstädtischen Fliederzweigen geküsst worden...

Mildred versteht das einfach nicht. Wir waren, wie üblich, ins Gespräch über irgendeine Familie am Fluss vertieft, die ihre Familie kannte, und da ertappte ich mich dabei, wie ich alle möglichen Kleinigkeiten beisteuerte. Etwa über Malcolm Cotton, der auf seiner Stake unter der Kingston-Brücke ins Wasser gerutscht war und bei dieser uralten *cause célèbre* war Mildred sofort ganz Ohr. »Aber Sie haben doch gesagt, Sie kennen die Familie nicht?«, stellte sie nach einer Weile fest.

»Lady Mildred, ich kann es nicht erklären, aber manchmal erinnere ich mich an Dinge, die ich nie gesehen habe, ebenso wie man heimwehkrank nach Orten sein kann, an denen man nie war.«

Ich drang jedoch nicht zu ihr durch, es herrschte absolute Funkstille. »Wenn man sich sehr für Menschen interessiert«, fuhr ich vorsichtig fort, »weiß man auch Dinge über sie.« Sie schüttelte den Kopf und meinte, ich sei ein komisches Mädchen ... Ich denke oft, dass vielleicht nur eine begrenzte Anzahl von Erinnerungen in der Welt herumschwirren, die sich, um aufs Neue zu leben, einfach wie Kuckuckseier in ein fremdes Nest legen.

Mildred hat mir erzählt, dass Toddy als junger Mann auf Freiersfüßen häufig von seiner Unterkunft im Fountain Court nach Molesey herübergeritten kam und die Wochenenden dort verbrachte.

»Wir kannten natürlich jeden in Molesey«, fügte

sie hinzu, »und Herbert war wild vor Eifersucht auf meine jungen Männer in Sunbury.« Toddy, tief in die Lektüre des Athenæum versunken, kommentierte diesen Satz mit leisem Zischen und ich konnte mir das Lachen kaum verkneifen. Offenbar veranstaltete Mrs. Brockely große Gartenpartys, es gab einen Stechkahn und ein kleines Segelboot, und ich sehe alles deutlich vor mir: In Flanellhosen und, wie ich fürchte, einem Strohhut, vielleicht sogar einem Blazer, untermalt vom leisen Zirpen der Harfen, das aus den vorbeifahrenden Vergnügungsdampfern herüberklang, und den mühelos dahinplätschernden Gesprächen der anderen Gäste, wie sie in den Achtzigerjahren üblich waren, machte der aufstrebende junge Anwalt Mildred Brockley einen Heiratsantrag.

Wir fragen uns manchmal, wen er wohl geheiratet hätte, wenn … aber ich habe Mildred von Herzen gern.

Katrine hatte mich untergehakt und lauschte begierig. Dann sah sie sich plötzlich um. »Na so was! Diesen Platz kenne ich doch!« Wir hatten, ins Gespräch vertieft, unentwegt Runden gedreht und waren mehrmals am Haus der Toddingtons vorbeispaziert.

Im Salon ertönte Mildreds Stimme. »Wenn das nicht Deirdre ist!« und »Meine Liebe, ich wollte Sie bereits wegen der Einladung von Barker anrufen.«

Katrine wurde begeistert empfangen. (»Von euch jungen Leuten kann man nie genug bekommen!«) »Deirdre, was macht die Leidenschaft für Herbert?«

»Oh, immer noch riesig, danke, Lady Mildred.«

»Und Katrine? (Früher oder später werde ich Sie doch so anreden, warum also nicht gleich.«)

»Sie müssen ihr etwas Zeit geben, wie Sir Horatio«, erwiderte ich und sie schmunzelte, nahm sich eine Zigarette und verstaute die Einladung in einer Schachtel. »Und die Kleine? Ich habe sie schon eine Weile nicht mehr gesehen. Gibt es Neuigkeiten von den Brontës?«

»Oh ja. Emily schreibt ein neues Buch mit dem Titel *Tiefenrauschen.*«

»Was für eine Frau! Unfassbar!«

»Es erscheint im Frühjahr bei Entwhistle, Lassiter & Morhead.«

Lady Toddington sah einen Augenblick lang verwirrt aus.

»Ist das ein neuer Verlag? Ach, ich verstehe schon.«

Katrine lachte begeistert auf. »Sie sind ein Schatz!«

»Bitte sagen Sie den Namen nochmal, den muss ich mir einprägen.«

»Entwhistle, Lassiter und Morhead«, intonierten wir im Chor.

»Lassiter gefällt mir sehr«, erklärte Lady Toddington. »Er ist der Kopf der Firma, und wir laden ihn zum Abendessen ein. Sagen Sie es der Kleinen. Und jetzt erzählen Sie: Die neue Hauslehrerin ...«

»Miss Ainslie.«

»Wie macht sie sich denn?«

»Na ja«, erwiderte ich, »sie hat auf jeden Fall ein gutes Herz.«

»Mit anderen Worten, sie ist kein Ausbund an Intelligenz«, sagte Katrine. »Ist sie denn ein Dummkopf, Deirdre? Das bedeutet es normalerweise doch, wenn man sagt, jemand sei herzensgut. Genau wie beim Theater, wenn dir ein Profi erklärt, deine Stimmlage sei ein Mezzosopran. Das heißt dann auch, dass man nicht singen kann.«

Hauslehrerinnen zu beschreiben ist mir seit jeher schwergefallen. »Sie ist jünger als Miss Martin und ihre Methoden sind moderner. Mutter findet, sie sieht aus, als würde sie Gladys heißen, eine Art *blonde manquée*. Und sie ist aufgeweckt. Die Veranda nennt sie ›revandah‹ und … ach, wir hatten so viele Hauslehrerinnen, Lady Mildred. In Hampton Wick waren es Miss Baines-King und Miss Easton, dann Miss Chisholm, Miss Martin …«

»Und Lukin, Mogley, Tipslark, Cabbery, Smifser«, murmelte Katrine. Kurz darauf sah Toddy herein, und ich musste ihn wirklich und wahrhaftig mit Katrine bekannt machen. Dem kurzen, fragenden Blick, den er mir zuwarf, entnahm ich, dass er auf einen Wink wartete, wie er und Katrine in unserem Skript zueinanderstanden. »Toddy, das ist meine Schwester, Katrine. Ihr beide kriegt euch oft in die Haare«, erklärte ich, woraufhin wir alle lachten. Er rückte den Zwicker zurecht.

»Sehr bedauerlich. Offenbar gerate ich mit vielen aus eurem Kreis aneinander.«

»Das sind nur vorübergehende Unstimmigkeiten«, tröstete Katrine. »*Au fond* sind wir uns sympathisch. Aber ich ziehe Sie gern auf und dann bitten Sie darum, dass ich Ihnen vorgestellt werde.«

»Aha ... Könnten Sie mich der Dame bitte vorstellen, Deirdre.«

»Sir Herbert Toddington, Miss Carne. Sir Herbert ist der bekannte Richter, Katrine.«

Katrine legte den Kopf schräg. »Tatsächlich? Bestimmt ein hochinteressanter Beruf. Aber wahrscheinlich auch sehr zeitraubend.«

»Nicht im mindesten«, gab Toddy sarkastisch zurück. »Irgendein Hobby muss man schließlich haben.«

»Vielleicht solltet ihr beide das Kriegsbeil jetzt begraben, Herbert«, sagte Mildred.

Er warf ihr einen Blick zu. »Meinetwegen gern. Aber was würde Sheil davon halten?«

Eine nachdenkliche Stille trat ein, die Katrine schließlich beendete. »Vielleicht könnten wir ab und zu kleine Meinungsverschiedenheiten haben, Sir Herbert.«

»Immer diese unvorhergesehenen vorstädtischen Versöhnungsszenen«, murmelte ich. Dann war es Zeit für uns aufzubrechen, weil Katrines Theatertruppe im Hammersmith Palace auftrat und sie sich zuvor mit einer dieser furchtbar unattraktiven Mahlzeiten stärken musste – zu alt für einen Nachmittagstee, und mit siebzehn Uhr dreißig zu jung, um ein Abendessen zu sein.

27

Helen Ainslie räumte die letzte Fotografie aus ihrem Koffer, stellte die Golfschläger in die Ecke und ließ sich am Tisch vor dem Fenster nieder.

»Liebe Mum,

ich schreibe dir in meinem Schlafzimmer, es ist hübsch und einladend und das Bett hat eine Sprungfedermatratze, das habe ich gerade überprüft! Das Fenster geht auf den Garten hinaus – wenn man es so bezeichnen kann.

Meine Schülerin heißt ›Sheil‹, nicht Sheila. Offenbar ist Sheil ein Ort auf Skye, wo der Papa (verstorben) geboren wurde; dasselbe gilt für Katrine. Meine Vorgängerin hatte sämtliche Sportübungen aus dem Stundenplan gestrichen, Sheil und ich absolvieren unser ›tägliches Dutzend‹ gemeinsam. Das Kind ist einfach umwerfend und bringt mich dauernd zum Lachen. Als ich ankam, hielt ich die gesamte Familie zuerst für verrückt, aber inzwischen weiß ich besser Bescheid und verstehe, dass sie einfach ihren Spaß haben. Beispielsweise haben sie mir weisgemacht, es gebe einen Mr. Baffin – oder so ähnlich, doch als Mrs. Carne bemerkte, dass ich ihn tatsächlich für eine reale Person hielt, hat sie mir die Wahrheit gesagt und ich musste herzlich lachen.

Ich glaube, ich habe Erfolg. Meine Witze bei Tisch werden mit brüllendem Gelächter quittiert.

Am Weihnachtsabend findet ein kleines Fest statt und ob du's glaubst oder nicht, Mr. Richter Toddington und seine Frau sind eingeladen. Ich wollte mich natürlich nicht auf den Arm nehmen lassen und fragte vorsichtshalber ›Gehört er auch zum Spiel?‹, aber offenbar kommt er tatsächlich und möglicherweise auch ein gewisser Mr. Mathewson und ein Mr. Nicholls und einige Freundinnen der Carnes – Charlotte und Emily Bell. Als ich bemerkte, dies sei auch der Name der beiden *Brontë*-Schwestern, schien Katrine das außerordentlich lustig zu finden und war einer Meinung mit mir, dass es sich um einen bemerkenswerten Zufall handele. Zufälle gibt es bei den Carnes häufig. Sie (die Bells) sind mit den Toddingtons befreundet und ich vermute, sie haben die Carnes durch sie kennengelernt (uh, was für ein Satz.)

Ich denke, ich sollte den Carnes eine Kleinigkeit zu Weihnachten schenken. Nicht ganz einfach, da ich erst seit Kurzem hier bin, aber Weihnachten scheint ihnen wichtig zu sein und das Schulzimmer ist bereits geschmückt, der Baum geliefert, und wir haben ihn gestern mit Stechpalmenzweigen und Misteln geschmückt und hatten viel Spaß, als ich tapfer auf die Leiter stieg! Ich habe in der Eingangshalle einen großen Mistelzweig aufgehängt und den Mädchen (im Spaß) erzählt, *ich wolle Sir Herbert küssen*. Deirdre meinte warnend, er würde mich wegen sexueller Nötigung vor Gericht bringen – aber da habe ich ihr den Mund verboten. Manchmal geht sie zu weit. Trotzdem ist sie ein tolles Mädchen, obwohl ich mir wünsche, sie würden allesamt weniger lesen und mehr Gesellschaftsspiele spielen. Aber wie du ja weißt, hat es mich schon immer fasziniert, neue Persönlichkeitstypen kennenzulernen.

Sheil werde ich *Peter Pan in Kensington Gardens* schenken, bei Boots bieten sie das Buch heruntergesetzt an, und vielleicht eine Wasserwellenbürste für Katrine und eine Schachtel Pralinen für Deirdre. Und Blumen für Mrs. Carne.

Gestern habe ich Sheil im Schulzimmer beim Geschenke einpacken überrascht. Eines trug die Aufschrift: ›Der lieben Mrs. Carne, von Saffy, Gabriel und Michael‹ und als ich lachen musste, lief sie dunkelrot an, deswegen machte ich schnell eine witzige Bemerkung und sprach nicht mehr davon. Takt und Kenntnis der kindlichen Psyche sind hier natürlich das A und O, und ich habe mir schon einen Plan zurechtgelegt, wie ich ihr Vertrauen gewinne. ›Immer mit ihnen und nie gegen sie arbeiten‹, lautet die äußerst vernünftige Regel bei Pridhoe. In der Annahme, Sheil würde noch an den Weihnachtsmann glauben, habe ich angeboten, mich am Weihnachtsabend entsprechend zu verkleiden, aber Mrs. Carne meinte nur, keine ihrer Töchter hätte je an ihn geglaubt …

28

Die lauten Stimmen von Katrine und Deirdre drangen aus dem darunterliegenden Stockwerk an Miss Ainslies Ohr; sie lief zwischen Schlafzimmer, Schulzimmer und Kinderzimmer hin und her und wartete darauf, dass die Gäste eintrafen und der Gong die Familie zum Abendessen rief. Während sie mit starrem Blick von Raum zu Raum eilte, behielt sie ganz nebenbei ihre Schülerin im Auge, die gefährlich weit über dem Geländer hing. Eine anspruchsvolle und nervenaufreibende Aufgabe, bei der sie ihre gesamten intuitiven Fähigkeiten aufbieten musste.

»Wer wohl zuerst eintrifft?« (Das war Katrines Stimme.) »Toddy und Lady Mildred oder Charlotte und Emily?«

»Ich setze auf die Toddys. Du kennst ja Emily, die schert sich kein bisschen um ihr Äußeres und Charlotte will unbedingt, dass sie einen guten Eindruck macht. Sie wird sie bis zur letzten Minute bearbeiten.«

»Aber für festliche Gelegenheiten hat Lady Mildred ihr doch das neue Seidenkleid mit Fransen geschenkt«, rief Sheil mit lauter Stimme.

(»Liebes Kind, wir sind ja nicht taub!«)

Deirdre beugte sich weit über das Geländer. »Ja, aber mit Geschenken sind sie sehr heikel. Emily bringt es glatt fertig, alles zurückzugeben.«

»Um Gottes willen! Lady Mildred wäre sehr verletzt!«

(»Etwas leiser bitte, Kind.«)

»Also ich finde, Emily ist eine richtige Vettel.«

(»Eine was? Dein Haarband ist übrigens verrutscht.«)

»Shakespeare, Miss Ainslie«, riefen Katrine und Deirdre wie aus einem Mund.

»Ja«, stimmte Sheil ein. »›*Entweiche, Hex*! Schreit fettärschig die Vettel.‹ Ist Vettel nicht ein schönes Wort, Miss Ainslie? Man wünscht sich fast, man wäre selbst eine.«

»Du liebe Zeit! Geh lieber von der zugigen Treppe weg, Sheil.« Aber da ertönte die Türklingel und Sheil sauste wie ein blattgrüner Satinblitz davon; das goldene Haarband vermochte kaum ihre kupferfarbene Mähne zu bändigen.

»Ach Toddy, meine einzige, wahre Liebe! Seid Ihr beiden es wirklich, Sie und Lady Mildred?«

»Ja, Liebling, zweifellos.«

»Dann sollten wir uns sofort einen Kuss geben, bevor die anderen dazwischen kommen.«

(»Also wirklich ...«)

»Nur zu gern. Aber wird die Konkurrenz denn so groß sein?«

»Nein, wir spielen nur ein paar Spiele, falls Sie einverstanden sind und Snapdragon, vorausgesetzt der Brandy brennt.«

»Was für ein Schatz!« Küsse knallten wie Sektkorken.

»Toddy, ich finde, Sie sollten Ihr Haus zu Weihnachten mit kleinen silbernen Nüssen schmücken! Das würde so hübsch aussehen, wenn Sie aus der Tür treten. Sieht er nicht schmuck aus, Lady Mildred?«

»Liebes Kind, ich werde ja ganz verlegen. Lächerlich! Na, na.«

»Sie haben Ihre Richterperücke nicht auf! Dabei hätte ein Lametta-Stern an der Stirn sich so prima gemacht.«

Im Salon hörte Helen Ainslie wie Mrs. Carne hoffte, dass »kleine Biest« habe ihm nicht zu schlimm zugesetzt. Miss Ainslie, beschäftigungslos geworden, stieg in ihrem Taftkleid mit samtenen Stiefmütterchen an der Schulter ebenfalls die Treppe hinunter.

Sir Herbert war ein kleiner, weißhaariger, ziemlich grimmig dreinblickender älterer Herr und sah genauso aus wie auf den Fotografien. Lady Toddington trug ein elegantes Kleid aus Silberlamé und hatte ein großes, gutmütiges Gesicht.

Deirdre und Katrine standen unten an der Treppe, man stellte sie vor.

»Frohe Weihnachten für Sie und Ihre Gattin«, erklärte Katrine.

Sir Herbert verbeugte sich steif. »Sehr freundlich. Gestatten Sie mir, Ihnen ebenfalls die besten Wünsche auszusprechen. (Kenne ich die Dame, Sheil?)

»Ja. Sir Herbert Toddington – Miss Carne.«

Katrine und Sir Herbert schüttelten sich die Hand.

Beim Abendessen fand sich Helen Ainslie neben Sir Herbert wieder, der am Tischende saß und sehr gekonnt den Truthahn aufschnitt, aber wäre das nicht die Aufgabe der Hausfrau gewesen? Andererseits war er der einzige Mann am Tisch … zwar nicht der Hausherr … aber doch ein alter Freund der Familie.

Überrascht stellt Miss Ainslie fest, wie hübsch Deirdre heute Abend aussah. Normalerweise würde man das dunkle Haar und die ebenmäßigen elfenbeinfarbenen Züge Katrines oder die bronzene Elfenhaftigkeit von Sheil bevorzugen … Deirdres Aussehen, entschied Miss Ainslie, stimmte vollkommen mit ihrem Gesichtsausdruck überein und sie widmete sich dem Essen.

Während der Truthahn herumgereicht wurde, musterte sie die Anwesenden und bemerkte, was bei diesem Fest nicht stimmte.

Zwei der Gäste fehlten.

Sie blickte Katrine an. »Die beiden Miss Bells sind noch nicht da.« Katrine leerte ihr Glas in einem Zug. »Sind Sie sicher?«, gab sie zurück und kicherte.

Miss Ainslie zögerte. Natürlich war Weihnachten, dennoch …

»Solltest du nicht etwas vorsichtiger mit dem Rotwein sein, Katy? Er kann einem rasch zu Kopf steigen.«

»Es macht mir nichts aus, wenn man mich als trunksüchtig bezeichnet, aber Katy lass ich mich nicht nennen. Miss Ainslie sagt, ich habe einen Schwips«, verkündete Katy. »Stimmt das, Deiry? Nach einem Glas?«

»Solange du sagen kannst ›Der Postkutscher putzt den Postkutschkasten‹ ist alles in Ordnung«, erwiderte Deirdre. »Sagen Sie es schnell, Miss Ainslie.«

Helen Ainslie lief zartrosa an und gehorchte, verstummte jedoch, als alle in Gelächter ausbrachen. Sie wandte sich an Sir Herbert. »Schade, dass Mr. Mathewson und Mr. Nicholls heute Abend nicht kommen konnten.« Höflich legte er die Schneidemesser ab. »Ah … war er eingeladen?«

»Oh ja, beide.«

»Ähm …«

»Aber vielleicht macht es Ihnen nichts aus, der einzige Mann bei Tisch zu sein.«

»Nicht im Mindesten.«

Irgendetwas in seinem Tonfall veranlasste Miss Ainslie dazu, eine gesalzene Mandel fallen zu lassen. Crellie machte sich augenblicklich und gut hörbar darüber her.

»Toddy, mein Liebster«, quietschte Sheil. »Was habt ihr Ethel und der Köchin geschenkt? Wir haben auf Stoff für Kleider von Lady Mildred und je ein Pfund von Ihnen getippt.«

»Beides falsch«, sagte Lady Toddington. »Ich habe den beiden je eine Kittelschürze geschenkt und Toddy hat ihnen jeweils zehn Schilling gegeben.«

»Und der liebe Mr. Nicholls?«

(»Sheil, solche Fragen sind nicht ganz … «)

»Wir tauschen keine Geschenke aus, fürchte ich.«

Die Carne-Mädchen schrien im Chor auf.

»Die Golfschläger sind also futsch«, erklärte Deirdre.

»Nun, zu Weihnachten zahlen alle Richter in einen gemeinsamen Topf, und diese Summe geht an die Beamten, neben einer Reihe von Wohltätigkeitsorganisationen.«

»Auch an die Verängstigten Anwälte?«, wollte Sheil wissen.

»Durchaus. Ich war seinerzeit Schatzmeister im ähm ... Verband der Verängstigten Anwälte.«

Das Abendessen steuerte auf seinen Höhepunkt zu, als sie Mandeln, Rosinen und kandidierte Früchte knabberten, und Miss Ainslies Bemühungen, der Unterhaltung zu folgen, wurden zusehends hektischer. Sie hatte allmählich den Eindruck, als artete der Abend in den Versuch aus, überhaupt noch irgendwo einen Satz unterzubringen. Obgleich sie die ganze Zeit über angesprochen wurde ...

Sie wandte sich erneut an Sir Herbert.

»Wir sind heute Abend ein wenig überdreht«, sagte sie mit vielsagendem Blick auf Sheil. »Aber auch zum Totlachen komisch.«

»Wir? Sie spielen auf Sheil an? Nun, es ist ein Fest der Kinder, und ...«

Katrine hörte seine Antwort und stürzte sich darauf. »Wie abgedroschen!«, erklärte sie von oben herab.

»Darf ich Ihnen vielleicht ein paar süße Pflaumen anbieten?« Er reichte ihr den Teller.

Miss Ainslie hatte eine Erleuchtung. »Sie streiten sich also *tatsächlich* zum Spaß?« fragte sie Sir Herbert. »Einfach köstlich!«

Alle verstummten und sie fragte sich, ob sie ins Fettnäpfchen getreten war. Katy musterte Sir Herbert kühl, und er erwiderte den Blick höflich lächelnd. Miss Ainslie beugte sich tief über ihren Teller mit Rosinen. Vielleicht war es besser, einfach zuzuhören.

Deirdre saß mit aufgestützten Armen an der gegenüberliegenden Seite des Tisches und sagte gerade: »… verstehen Sie, was ich meine, Toddy? Weihnachten ist natürlich nicht direkt eine Enttäuschung, aber trotzdem entsteht häufig eine etwas traurige Stimmung … man kann ja nicht an zwei, drei Orten zugleich sein und seinen Freunden beim Feiern zusehen … oder denken Sie nur daran, wie bekümmert das Haus aussieht, wenn man es verlässt, um auszugehen. Als begehe man einen Verrat …«

»Das Alter ist wie ein Schild, Deirdre. Es ›lehrt einen‹, sich mit dem Gegebenen abzufinden. Es ist typisch – und ich spreche jetzt nicht von mir persönlich – für die Jugend, allem hinterherzujagen …«

Katrine zu Lady Toddington. »Ich hoffe wirklich inständig, dass Sie mich ebenfalls adoptieren, trotz meines Komplexes in Bezug auf Sir Toddy.«

»Nichts lieber als das. Kommen Sie zu uns, wenn einer Ihrer Verehrer Ihnen übel mitspielt und dann wollen wir mal sehen, ob wir denen nicht einen Strich durch die Rechnung machen können. Ich habe jede Menge netter junger Männer in petto, die es kaum erwarten können, Ihnen und Deirdre den Hof zu machen. Sie sollten sie aber nicht zu schnell heiraten, denn *ich* will ja schließlich auch beachtet werden!«

»Wie nett von Ihnen … aber ich bin gerade erst über einen zweitklassigen Komiker hinweg.«

»Meinen Sie diesen wie-heißt-er-noch, den wir neulich in Ihrer Revue gesehen haben?«

»Ja. Oder sollte ich damit nicht so herausplatzen? Ich habe das Gefühl ganz offen mit Ihnen reden zu können. Deiry, Mutter und ich kennen uns zu gut; mit Ihnen könnte ich das Leben in einem neuen Licht sehen …«

Erstaunt hob Miss Ainslie den Kopf und sah, dass Lady Toddingtons Augen feucht geworden waren. Aufgeregt wandte sie sich an Sir Herbert.

»Herbert! Gerade habe ich ein Riesenkompliment bekommen.«

»Wie schön! Dürfen wir es hören?«

»Nein. Iss deine Mandeln.«

(›Und doch ist es eine sehr gelungene Party‹, sinnierte Miss Ainslie lautlos. ›Alle Zutaten sind da …‹)

»… sind Sie nicht auch meiner Meinung, Miss Ainslie?«

»Verzeihen Sie, Lady Toddington?«

»Ich sagte gerade, ich finde, ihr jungen Frauen solltet erst mal Erfahrung in der Liebe sammeln, bevor ihr euch mit Männern aus allen Berufen, vom Grafen bis zum Rockrollen-Darsteller verheiratet. Nur so kann man was lernen.«

»Liebe Mildred! Deine Erfahrung in diesem Bereich zweifelt gewiss niemand an.« Sir Herbert lehnte sich mit höhnisch funkelnden Augen zurück.

»Widme du dich deinen nahrhaften Nüssen, Herbert. Ich will damit nur sagen, dass Frauen, die nur von einem Mann geküsst wurden, zwangsläufig einseitige Erfahrungen haben.«

«Ich hätte gern eine Affäre mit einem *Rockrollen-Darsteller*«, rief Deirdre ins Gelächter.

»Bitte reich die Schokolade an Miss Ainslie weiter, Sheil«, drängte Mrs. Carne.

»Ich habe Freddie Pipson und Toddy geküsst«, ließ sich Sheil vernehmen.

»Wie süß!« Lady Toddington warf ihr einen Luftkuss zu.

»Was halten Sie eigentlich von der Montessori-Methode, Miss Ainslie? Meine Frau meint, Sie hätten sehr moderne Ansichten ...«, erkundigte sich Sir Herbert. Sie hatte sich wieder erholt, dank Lady Toddingtons »ihr jungen Frauen« und dem gemeinschaftlichen Öffnen der Knallbonbons. Keck setzte sie sich ein Hütchen aus den Knallbonbons auf, schnitt ein lustiges Gesicht für Sheil und rief: »Ich bin der Mamelucken-Anführer. Allah!«

»Nach einem Marmeladentörtchen sieht das aber nicht aus«, erwiderte Sheil skeptisch. »Eher nach einem Muffin.« Sir Herbert schüttelte sich vor Lachen und seine Frau meinte: »Ich lache mich gleich tot.«

Katrine rückte sich einen winzigen Strohhut zurecht. »Lernen Sie Mr. Lassiter kennen«, sagte sie zu Lady Toddington.

»Guten Tag, Mr. Lassiter. Ich wollte schon seit langer Zeit Ihre Bekanntschaft machen.«

»Äh, wer ...«, setzte Miss Ainslie an, aber Deirdre hatte sie bereits in ein Gespräch verwickelt.

»Emily sagt, er sei ein ›gerechter, wenn auch oberflächlicher Mann‹ und als ich Charlotte fragte, ob sie ihn mag, sagte sie abwägend: ›Ja und Nein. Seine Prinzipien sind makellos, aber er gibt viele Rätsel auf.‹«

»Wie geht es mit Ihrem Roman voran, Deirdre?«, fragte Sir Herbert.

»Nun, Toddy, es ist Charlotte zu danken, dass ich mich noch einmal drangesetzt habe. Erinnern Sie sich an die Bleistiftanmerkungen?«

»Selbstverständlich. Die interessieren mich brennend.«

»Ich habe alle Änderungen, die sie vorschlägt, eingearbeitet. Ich wünschte mir nur, sie hätte noch mehr angemerkt!«

»... und jetzt müssen Sie unbedingt ein Knallbonbon mit mir öffnen, Miss Ainslie ... ja, genau so, jetzt haben Sie's! Dieser Hut passt viel besser zu Ihrem Haar! Wie ich Sie um Ihr blondes Haar beneide ...« Lady Toddington fegte Reste des Knallbonbons beiseite und nickte lächelnd. Sheil war bei dem Knall zusammengezuckt und arbeitete sich jetzt ans Tischende vor, um Sir Herbert feierlich eine Jockeymütze aufs Haupt zu drücken, einen Schlangenring an seinen Finger zu stecken und einen Kuss auf seine verwitterte Braue zu drücken. Sie hielt einen Zettel in der Hand und las ab:

Oh lieblichste der Blumen, die da blühn
Dein heitrer Blick, er lässt mein Herz verglühn.

»Das ist Bigamie, Herbert!«

»Nein, Mildred, allenfalls Gefühlverwirrung.«

»Charlotte hat auch noch eine Preziose auf Lager«, sagte Deirdre

Hab keine Angst, mein Herz, die Liebe kommt
Fordert ihr Recht auf dich, wenn es ihr frommt.

»Ihr Biester!«

»Na ja, viel schlechter als *ihre* Gedichte ist es auch nicht.«

»Und jetzt noch ein Gedicht für uns alle.«

Am Tischende sitzt Toddy und nickt gnädig
Sein Hemd ist aus Leinen …
… und die Hose schäbig

»Großartig, Miss Carne, Tausend Dank. Höchst witzig, zweifellos, aber auch völlig unzutreffend.«

»Für Sie lässt sich kein Motto finden, Miss Ainslie, *Ihr* Nachname reimt sich auf nichts.«

»Wollen wir gehen und die Kerzen am Baum anzünden?«, schlug Mrs. Carne etwas hastig vor.

29

(›*Was für eine wunderbare Party*‹, dachte Miss Ainslie. Aber sie musste es sich wieder und wieder selbst beteuern.)

Im Dämmerlicht des Salons zog es sie instinktiv zu Lady Toddington, obwohl sie sich eigentlich mit Sir Herbert über moderne Erziehungsmethoden hatte austauschen wollen.

Der schimmernde Weihnachtsbaum, unter dem sich die Geschenke stapelten, beherrschte das ganze Zimmer. Helen Ainslie überschlug rasch die Anzahl der Geschenke, registrierte das Ergebnis mit Erstaunen und fühlte sich dann, gewappnet mit ihren eigenen Gaben, getröstet. Sie selbst war ebenfalls großzügig bedacht worden. Nach dem Auspacken hatte sie den Arm voller Dinge, die vielleicht oder vielleicht auch nicht nachträglich besorgt worden waren und von den Carnes unter der Sammelbezeichnung »Krempel« zusammengefasst wurde. Der seidene Sportmantel von Mrs. Carne, Lederhandschuhe mit Pelzbesatz, Sportstrümpfe und eine Baskenmütze von den Mädchen. Außerdem Schokolade, Briefpapier, Kölnisch Wasser, ein winziger Ahornbaum aus Glas. Krempel … einfach umwerfend.

»Der Hund wird sich gleich übergeben«, bemerkte sie zu Lady Toddington.

»Und wenn schon, soll er sich ruhig amüsieren. Schließlich ist Weihnachten.« Lady Toddington lächelte zu Crellie hinüber, der im Sitzen Schokoladenkaramell kaute und gelegentlich mit ihnen zu verschmelzen drohte; trat dieser Fall ein, setzte er die Schädeldecke auf den Boden, bis die Bonbons sich vom Gaumen lösten. Um ihn verstreut lagen eine bebilderte Trinkschale, ein neues Halsband, ein Netzstrumpf voller Spielzeug nebst einer »kleinen Mischung« in der Zehenspitze, ein von Mrs. Carne genähtes Kissen aus Serge mit der gestickten Aufschrift »C.C.« in der einen und »R.I.P.« in der anderen Ecke, ein Gummiknochen, besagte Packung mit Karamellbonbons und eine mechanische Maus. Als Gemeinschaftsgeschenk hatten die Carnes ihm Kalender für das Kirchenjahr mit christlichen Sprüchen spendiert.

Als den Zeitpunkt, ab dem es für sie selbst unschön wurde, hätte Miss Ainslie vielleicht Lady Toddingtons Bemerkung über Crellie genannt. Die Carnes waren emsig dabei, sich ihre persönlichen *pièces de resistance* mit weitgehend unverständlichen Bemerkungen zu überreichen.

»Von Ionie ...«

(»Oder ›Ironie‹?«)

Deirdre ging zu Sir Herbert und drückte ihm ein Buch in die Hand. »Von Charlotte, lieber Toddy.« An Lady Toddington geschmiegt sah Sheil zu, wie Mrs. Carne ein weiteres Päckchen unter dem Baum hervorangelte und es *(»mit einem eigentümlichen Blick«)* ihrem Gast übergab.

»Das ist von Emily.«

»Oh, wie reizend. Und ich habe keine Geschenke für die beiden dabei.«

»Von wegen! Allein die vielen Gaben für uns! Außerdem hätte ihnen das sowieso missfallen. In puncto Geschenke sind beide recht merkwürdig, Lady Mildred.«

Miss Ainslie hörte Deirdre und Katrine auf der anderen Seite des Baumes Geschenke von Mr. Saffyn entgegennehmen. *(›Also nicht Mr. Baffin‹).*

»… und das hier ist von Polly, mit ganz herzlichen Grüßen.«

»Sie ist *doch* eingeschnappt, weil wir sie heute Abend nicht eingeladen haben. Sonst hätte sie uns alles Liebe gewünscht.« Gelächter … eine Pauline und eine Ennis …

Miss Ainslie erhob sich. Ihr großer Moment war gekommen. Ihr letztes Geschenk balancierte auf dem Topf, der als Halterung des Baumes diente. Sie nahm das Päckchen in die Hand und strahlte. Katy hatte sich so über die Wasserwellenbürste gefreut, und Sheil hatte ihr sehr herzlich für das Buch über *Peter Pan* gedankt …

Sie drückte dem Kind das Päckchen in die Hand. »Das«, verkündete sie, »ist eine kleine Aufmerksamkeit von Heinrich dem Achten«, und brach in schallendes Gelächter aus.

Deirdre trat hinzu. »Ein resoluter Bursche«, erklärte sie wohlwollend.

»Aber Miss Ainslie, wie nett von Ihnen«, sagte Mrs. Carne und Katrine kicherte schrill und hysterisch.

»Du liebe Zeit«, bemerkte Sir Herbert. »Typisch für schöne Frauen.«

»Na so was! Ich frage mich eigentlich, was das wohl ist?« murmelte Lady Toddington, leicht besorgt.

Sheil bedankte sich, verzog aber keine Miene. Sie war dunkelrot angelaufen. Crellie hickste vernehmlich.

Helen Ainslie begann zu plappern. »Oh ja, er hat mich eigens gebeten, es für dich auszuwählen, als ich ihm in der High Street begegnet bin. Also bald oder noch früher auspacken, junge Dame, eine Majestät lässt man nicht warten.« Sheil bedankte sich erneut und in der sich anschließenden Unterhaltung stellte Miss Ainslie fest, dass sie gleichzeitig mit ihrer Schülerin in einer Art Wettrennen zu Lady Toddington hinüberstrebte.

Lady Toddington schloss Sheil sofort in die Arme. Helen Ainslie, die sich fragte, welche Bemerkung gleich fallen würde, öffnete ihrerseits die Lippen.

»Ich habe gestern die Brontës getroffen«, sagte Lady Toddington.

Miss Ainslie schloss den Mund. »Wo?«, fragte Deirdre.

»Bei Woolworths.« Lady Toddington drückte einen Kuss auf Sheils Scheitel.

»Augenblick mal, Mildred. Haben die beiden überhaupt die Mittel – von der Neigung ganz zu schweigen –, Weihnachtsgeschenke zu besorgen? Kann man sich die Brontës denn in einem Kaufhaus vorstellen?«

Helen Ainslie blickte Sir Herbert forschend an. Er

hatte die Fingerkuppen aneinandergelegt und wirkte ernst, interessiert und diskussionsbereit. Sie beschloss, ihr geplantes Lachen zu verschieben. Dies schien nicht der richtige Moment für Heiterkeitsausbrüche zu sein, zumindest kam es ihr so vor.

»*Ich* finde schon«, sagte Deirdre. »Sie besorgen lauter langweiliges Zeug, solche Waschzuber mit Leinen, aus denen man die Wäsche herausheben kann. Die Tante mit den Holzschuhen hatte sich das gewünscht. Entscheidend ist außerdem, ob die beiden vor oder nach der Veröffentlichung von *Jane Eyre* zu Woolworths gegangen sind. Wenn der Roman bereits erschienen ist, hat Charlotte Geld wie Heu.«

»Ach, wie schön«, hauchte Sheil, den Kopf an Lady Toddingtons Hals gelehnt.

»Zuber sind nicht besonders teuer«, gab Mrs. Carne zu bedenken.

»Wir haben ja nur Deirdres Wort, dass dies die Desiderata waren«, erwiderte Sir Herbert spitz.

»Die was, Toddy?«

Sheil legte den Kopf zur Seite. »Sie kennen so ungewöhnliche Worte.«

»Ich meinte einfach die gewünschten Objekte.«

»Ihr seid allesamt auf dem Holzweg, und wir müssen jetzt gehen, Herbert.«

»Aber Sie müssen uns noch sagen, was die beiden gekauft haben.«

»Schreibhefte. Und Charlotte, die Ärmste, hat sich ein ausgesprochen geschmackloses mauvefarbenes Haarnetz geleistet. Komm schon, Herbert.«

»Hat es ihnen in Woolworths gefallen?«

»Das musst du Deirdre fragen.«

»Nein.« Deirdre löschte den rauchenden Docht an einem der unteren Zweige. »Mitten in der Kurzwarenabteilung hatte Emily einen ihrer Anfälle und Charlotte schrieb an Miss Nussey: ›Es war ein merkwürdiges Geschäft, vor allem besucht von Kreisen, die ich nicht für die unsrigen halte. Die Hauptattraktionen, mein Liebling – nein, ich werde nicht sentimental – bestehen, neben der hellen Beleuchtung, in der Vielzahl der Artikel, der Musik, Sauberkeit und Wärme (deren Quelle ich nicht ausfindig machen konnte). Diese stellen offensichtlich eine Verlockung für jene Familie dar, die es nicht besser wissen ...‹«

Sir Herberts Augen leuchteten, als er sich von Miss Ainslie verabschiedete, gefolgt von Lady Toddington, die auf sie zukam, ihr die Hand gab und einige passende Bemerkungen machte. Miss Ainslie blieb zurück und folgte der Gruppe nicht in die Halle, ihre Stimmen waren jedoch gut zu hören.

»Mrs. Carne, Sie sind die geborene Gastgeberin. Wenn ich doch auch ein Händchen dafür hätte! ... wenn die Tage länger werden, müssen Sie uns unbedingt in Molesey besuchen. Da gibt es sogar ein Kanu für dich, Sheil.«

»... bringen Sie doch das Manuskript mit und wir gehen es gemeinsam durch ... Mittagessen nächsten Samstag.«

»... dann auf bald!«

»Schaut mal, Crellie geht stiften. Saust einfach die Straße entlang. Mutters Nackenrolle auf Abwegen ...«

»... wunderbarer ...«

Danke, danke, danke. Dann offenbar Wahrnehmung des Mistelzweiges in der Halle. Großes Gelächter und Küsse.

30

Festen Schrittes marschierte Helen Ainslie in ihrem Schlafzimmer hin und her. Vom Tisch am Fenster zum Frisiertisch und wieder zurück. Ihre Geschenke lagen ordentlich nebeneinander. Äußerst freundlich. Alles, was das Herz begehrte, alles, was man erhofft hatte, sich von seinem Gehalt kaufen zu können.

Aber wo blieb die ausgelassene Stimmung?

Lady Toddington hatte einen unerwartet im Stich gelassen. Eine vielversprechende und nützliche Freundschaft war vorzeitig beendet worden. Helen Ainslie, jetzt in Gedanken bei der Angelegenheit mit Heinrich dem Achten angekommen, bremste kurz ab, um dann noch energischer auszuschreiten. Die leise Unruhe, die auf die Übergabe des Päckchens gefolgt war … Immer mit ihnen und nie gegen sie arbeiten. Aber wenn die Geschenke Heinrichs des Achten nichts taugten, was dann?

Charlotte und Emily.

Vor Ärger färbten sich Miss Ainslies Wangen tiefrot.

Die nächste Wende führte sie zum Frisiertisch. Im Spiegel sah sie ihr leicht zerzaustes Haar mit dem blauen Papierhütchen.

In einem Anfall von Zorn schleuderte sie es auf den Boden.